I tascabili

Il nostro indirizzo internet è:
http://www.frillieditori.com
info@frillieditori.com

EDITING E IMPAGINAZIONE
MICHELA VOLPE

Via Priaruggia 33R, Genova – Tel. 010.3074224; 010.3071280
ISBN 978-88-7563-996-9

Gino Marchitelli

Milano non ha memoria

Il commissario Lorenzi indaga a Lambrate

Fratelli Frilli Editori

Care lettrici e lettori, per darvi la possibilità, in alcuni passaggi, di "entrare" nelle sensazioni più intime di alcuni protagonisti, v'invito, quando trovate i brani musicali, ad ascoltarli attentamente mentre leggete, per avvicinarvi, il più possibile, alle loro emozioni. Nel sito www.ginomarchitelli.com troverete le foto e le curiosità riferite a questo romanzo e ai tre precedenti *Morte nel trullo*, *Qvimera* e *Il pittore*.

I link dove è possibile ascoltare i brani sono riportati nelle note a fine romanzo.

Buon ascolto.

Gino Marchitelli

A Marta Alice Marchitelli
la bambina di ieri
la ragazza d'oggi
la donna di domani
…mia figlia

Prologo

L'ultimo colpo, violentissimo, gli ruppe lo sterno.

Crollò a terra senza un lamento, quasi al rallentatore.

Le mani si aggrappavano alle vesti dell'assassino nell'inutile tentativo di non cadere, di impedire la partenza per l'ultimo viaggio.

Il tonfo venne attutito dalla fredda pioggia milanese che si mischiava con quella foschia densa che, a volte, confonde le cose, sbiadisce i contorni, nasconde le genti.

Le tribune del campo di rugby di Lambrate davano le spalle a tanta violenza senza senso.

Ma davvero non aveva un senso?

Via Valvassori Peroni, in quella parte scura e poco illuminata, se avesse potuto, avrebbe urlato la propria rabbia al mondo intero, per quello strappo violento al mondo, di quel pover'uomo.

Ma nessuno avrebbe udito, nessuno avrebbe visto, nessuno avrebbe saputo spiegare. Forse…

Le tre figure si guardarono l'un l'altra nella nebbia.

Una di queste si piegò e tastò il polso all'uomo: "Sta morendo", disse.

Silenzio pesante come un macigno.

"Dovremmo chiamare un'autoambulanza", continuò.

"Dovremmo… ma non lo faremo, è solo un negro di merda e una carogna", intervenne con cattiveria, quello più alto e massiccio, con il cranio pelato.

Si guardarono intorno con attenzione per verificare se ci fossero testimoni.

Nulla, solo l'impercettibile brusio della pioggia sul selciato.

Salirono in macchina e si allontanarono a fari spenti.

La donna si era rannicchiata nell'oscurità, dietro il muretto dei giardini quando aveva visto quello che stava accadendo.

Voleva fuggire ma il timore di essere notata l'aveva convinta a nascondersi, per sparire alla vista di quegli assassini.

Non era stato facile tenere chiuso il muso del cane e il timore che avesse potuto guaire e farla scoprire l'aveva spossata.

Lo aveva accarezzato a lungo per tenerlo tranquillo.

Quando sentì allontanarsi l'auto impiegò diversi minuti prima di riuscire ad alzarsi, con quelle sue gambe piene di artrite, e correre verso casa.

Non si voltò indietro, né verificò se quell'uomo era ancora vivo.

A casa non raccontò nulla.

L'unica cosa che desiderava era vivere in pace quei pochi anni che le erano rimasti e accudire il marito con la sua terribile malattia.

Imprecò il padreterno per essere uscita quella sera e fu un segreto che le devastò l'anima per giorni.

Ciclista

"Brrrr, che tempaccio".

Alessio, giovane studente alla facoltà di Architettura, pedalava veloce.

I suoi amici avevano insistito parecchio per invitarlo ad una festa nella casa di Valentina, un appartamento in affitto al terzo piano di uno stabile che dava su piazzale Gorini.

Non aveva molta voglia di andarci ma l'idea di incontrare Valentina aveva prevalso sulla pigrizia che lo faceva barcollare, dal letto al divano, in attesa dell'ispirazione giusta per studiare e dare uno dei tanti esami perennemente rinviati.

La ragazza rappresentava una delle poche emozioni che in quel periodo lo sollevavano dal torpore quotidiano.

La serata era stata piacevole e, ad un certo punto, era stata proprio lei a rompere gli indugi, lo aveva spinto contro una parete e lo aveva limonato a lungo.

Passata la sorpresa Alessio si era avvinghiato alla giovane e i baci scambiati erano stati dolci, caldi, sensuali… umidi.

Poco gli importava che Valentina fosse completamente ubriaca. L'aveva sentita, l'aveva stretta e, per pochi istanti, era anche riuscito a stringerle i seni. Duri come marmo.

Non era andato oltre perché Valentina era stata trascinata in un ballo di gruppo al ritmo di una delle tante musiche rap di ultima generazione.

Per il resto della festa non aveva più avuto occasione di appartarsi con lei.

Aveva ancora sulle labbra il sapore umido della bocca della ragazza mentre se ne tornava a casa sfidando la pioggia, fantasma indistinto nella foschia.

Pedalava nell'oscurità, la vecchia bici, poco più che un rottame, non aveva le luci funzionanti e alcuni lampioni erano spenti.

Dopo aver imboccato lo stradino pedonale che portava in via Valvassori Peroni urtò qualcosa e cadde improvvisamente.

La botta fu violenta, volò in aria e precipitò sull'asfalto.

Tentò di rialzarsi ma era impossibile.

Quando provava a muoversi un dolore lancinante alla spalla sinistra lo faceva quasi svenire.

Sentiva male dappertutto.

Passato lo stupore, lo spavento e la paura si rese conto che doveva essersi rotto qualcosa.

Sentiva il sangue che gli rigava la guancia e la bocca.

Era stato fortunato perché il caschetto che indossava gli aveva protetto il capo.

Dopo alcuni minuti, riuscì a tirar fuori il cellulare dal giubbotto e a chiamare l'assistenza medica.

I fari dell'autoambulanza e quelli di un'auto dei vigili urbani fendevano malamente la foschia come in un paesaggio innaturale.

I sanitari avevano immobilizzato Alessio e lo avevano adagiato sulla lettiga.

Nonostante lo stordimento e il dolore che gli bruciava i pensieri sentì chiaramente dire che in mezzo alla strada c'era un cadavere.

"Un morto? Non sono stato io..." disse alla barelliera tentando di alzarsi dal lettino, sgranando gli occhi.

"Stai tranquillo, non sei stato tu. Era già morto quando gli sei andato a sbattere contro".

Si ridistese e l'ultima cosa che percepì fu il suono della sirena che lo portava via, poi svenne dal dolore.

Il commissariato di via Clericetti si trovava a poche decine di metri dal luogo dove era stato rinvenuto il cadavere.

L'agente Lori, di turno quella sera, aveva immediatamente avvisato il vicecommissario Del Giudice che comandava il reparto durante l'assenza del commissario Lorenzi, in quei periodi impegnato in una indagine in Puglia, dalle parti di Ostuni.

La notte festiva di meritato riposo era stata interrotta da quella maledetta telefonata.

Quando arrivò sul posto, oltre ai vigili, trovò anche una pattuglia della Mobile. Una volante che era stata provvisoriamente assegnata al comando di Lambrate per sostituire i numerosi agenti falcidiati dalla terribile influenza che aveva messo in ginocchio mezza Milano.

C'era anche Giovanna Esposti, una poliziotta del suo nucleo investigativo, seria e preparata.

Enrico Del Giudice si avvicinò alla collega.

Giovanna illuminò il lenzuolo che copriva il corpo.

"Stiamo aspettando la Scientifica. Si tratta di un uomo. Uno straniero, intorno ai quarant'anni di età. Potrebbe essere un nordafricano. Un ragazzo che tornava a casa in bicicletta non l'ha visto e l'ha urtato. È appena stato trasportato all'ospedale. Pare si sia rotto una spalla. Questo dev'essere morto da un po', non abbiamo trovato né documenti, né soldi. Nemmeno un cellulare. Potrebbe anche essere un clandestino ma la cosa non mi convince".

"Com'è morto?", chiese il vicecommissario.

"Ce lo dirà il medico legale. Ho dato un'occhiata, non ci sono né segni di proiettili né di accoltellamento. C'è molto sangue, tutto intorno alla bocca e alla testa… guarda, e la posizione del corpo non è certo quella di uno colto da un malore improvviso".

La Esposti si piegò e sollevò il lenzuolo illuminando il volto dell'uomo con una potente torcia. Gli agenti della volante stavano finendo di delimitare l'area con le bande fosforescenti.

"Potrebbe trattarsi di una rapina o un regolamento di conti? Ricordi? C'è quella cascina, proprio in fondo alla via, dove ogni tanto si azzuffano e si accoltellano tra loro".

"Mah, ho dei dubbi. Guarda i suoi abiti. Sono nuovi. Capelli puliti, barba curata. Non ha l'aspetto di un clandestino, a mio parere".

Enrico si avvicinò per osservare meglio, dopo un paio di minuti si rialzò, cercando lo sguardo di Giovanna.

"Aspettiamo il referto. Non ha l'aspetto di un disperato".

Un'agente si avvicinò e fece il saluto militare: "Agente Monica Segamo. Abbiamo finito di delimitare l'area dottore. Attendiamo istruzioni".

"Non fate avvicinare nessuno", disse Del Giudice indicando un paio di curiosi che si erano avvicinati sul marciapiedi di fronte.

La donna si allontanò per far rispettare gli ordini ricevuti.

In quel momento giunse il medico legale.

"Salve Del Giudice", esclamò il Dottor Nelli con il suo immancabile sigaro cubano all'angolo della bocca, "mi fate lavorare anche di domenica? A quest'ora... dov'è il commissario?".

"Non c'è, rientrerà nei prossimi giorni. Dia un'occhiata e mi dica quando mi potrà consegnare un rapporto dettagliato".

"Un rapporto, un rapporto... la fate facile voi altri. C'è un cadavere, uno scempio, uno se ne stava tranquillo a casa, arriva sul luogo del delitto e subito vogliono il rapporto... LORO".

Nelli era fatto così, era un burbero, aveva sempre qualcosa da ridire ma era uno dei migliori nel suo campo, forse il migliore di tutta Milano e la polizia lo sapeva bene.

Il vicecommissario e la Esposti esploravano le vicinanze cercando di illuminare l'asfalto e i marciapiedi alla ricerca di qualsiasi indizio.

La pioggia era diventata più intensa e batteva i loro volti stanchi.

"Enrico, vieni a vedere", disse la donna.

Si avvicinò alla sottoposta che gli illuminò una piccola tesserina con la potente torcia d'ordinanza.

Del Giudice indossò nuovamente i guanti in lattice e si chinò per osservare meglio.

Era rivolta dalla parte bianca. Spiccava la striscia magnetica e una firma illeggibile, aiutandosi con una penna la voltò delicatamente.

Un bancomat intestato a Abdul Kaled Shimaiwa.

"Mi sa che abbiamo scoperto chi è il morto", disse rivolgendosi verso la collega.

"Commissario!", il dottor Nelli lo chiamava.

"Vicecommissario, dottore...".

"Fa lo stesso. Io vado. Le farò sapere dopo l'autopsia. A mio parere non è morto da molto tempo e non c'è nessuna ferita. Ho idea che l'abbiano ammazzato di botte".

Si girò e si allontanò nel buio.

Layla

"Alì spegni quella televisione!".

"Uffa, mamma... voglio vedere i cartoni".

"Non se ne parla. È quasi mezzanotte, dovete andare a dormire. Domattina si va a scuola e non voglio che facciate tardi".

I due ragazzini si osservarono l'un altro sconsolati, Alì si alzò dal divano sbuffando.

Il fratello Kaled mise il broncio e incrociò le braccia.

"Non è giusto mamma, la puntata non è ancora finita!".

"Non è giusto, non è giusto...", disse la mamma sorridendo e avvicinandosi ai suoi due gioiellini di seconda generazione, "per voi non è mai ora di andare a dormire, di lavarsi i denti, di lavarsi le mani, di fare i compiti".

Si avvicinò a Kaled, gli si inginocchiò davanti e lo osservò dritto negli occhi giungendo le mani come in una preghiera cristiana.

"Oh signor Kaled, grande sovrano della savana, può fare l'immensa grazia, a questa povera mamma in terra straniera, di andare subito a letto? Pensi che se il vecchio Mustafà, suo venerabile nonno, venisse a sapere che lei non va a dormire...".

"No, no, no e poi no! Così ho deciso. Sono molto arrabbiato. Voglio vedere la fine dei *Pokemon!*".

La madre assunse un'espressione buffa altrettanto imbronciata: "Venerabile re Kaled, se lei si ostina a non obbedirmi sarò costretta a... farle il... solletico!".

Si gettò addosso al primogenito iniziando a stuzzicarlo.

I due scoppiarono in fragorose risate e in breve il divano diventò campo di battaglia.

Alì si gettò addosso a Layla e anche la piccola Luna si precipitò strillando di gioia in quella massa di corpi avvinghiati e ridenti.

Dopo alcuni minuti rimasero tutti distesi, col fiatone, abbracciati a quella mamma così bella e dolce che il cielo aveva voluto donare loro, sazi e soddisfatti di quel rituale gioco serale che faceva da anticamera al dormire.

"E ora... tutti a mettersi il pigiama e lavarsi i denti!".

Com'era mai possibile resistere a tanta dolcezza perentoria?

Dentro quella casa, in quella piccola e modesta abitazione, si respirava l'unione profonda di una piccola famiglia che stava cercando di costruirsi un futuro in terra straniera.

I tre bambini si ripresentarono sorridenti nei loro pigiamini occidentali con lo spazzolino in bocca.

Layla li osservò, erano tutti molto belli, somigliavano molto al padre tranne Alì che aveva ereditato i magnifici lineamenti di lei. Gli occhi scuri risaltavano sulle loro carnagioni miste che non avevano ancora il colore pallido dell'occidente ma avevano perso qualcosa del forte pigmento d'origine.

Si erano tutti messi in fila, in scaletta: prima Kaled di undici anni, poi Alì di dieci e infine Luna di otto.

Rappresentavano per lei e il marito, faticosamente scampati al delirio guerrafondaio del Nordafrica, l'unica certezza e prospettiva di un futuro degno di essere vissuto.

Li baciò uno alla volta, come ogni sera, elargendo quel miele necessario ai leggeri cuoricini dei bimbi, mentre si accarezzava il ventre teso dove si sentivano impercettibili i colpi del nascituro.

Rimasta sola osservò l'orologio e si chiese la ragione dello strano ritardo del marito.

Era trascorsa più di un'ora da quando sarebbe dovuto rientrare.

Lo chiamò al cellulare che squillò per alcuni istanti per poi risultare spento.

Provò una fitta al ventre ma questa volta sentì che era di cattivo presagio.

"Maledizione!".

"Che c'è?", chiese l'altro uomo.

"È squillato il cellulare", rispose.

Faceva molto freddo e il loro respiro si condensava in bianche nuvolette di fumo che si confondevano nella foschia.

Non riuscivano a vedersi con chiarezza, quasi fossero fantasmi.

"E allora? Anche se ti è suonato il cellulare qual è il problema? Sarà la tua donna che ti cerca...", rispose con un ghigno.

"La mia donna un cavolo, è il cellulare di quello!".

L'altro si irrigidì immediatamente e si avvicinò a muso duro.

"Cioè? Vuoi dire che il cellulare è rimasto acceso?".

"Sì, ma ora l'ho spento. Subito". E chinò il capo.

"Alfa" lo prese per la giacca e lo spinse contro il palo della luce.

"Testa di cazzo! Invece di farlo sparire te lo sei tenuto e non l'hai nemmeno spento. Sei proprio un bastardo. Lo dicevo da sempre io che non dovevi entrare nella nostra organizzazione, non hai le palle. Non sei capace. Sei un pericolo per noi tutti. Devo informare gli altri, brutto stronzo".

"Gladio" si era perfettamente reso conto del gravissimo errore commesso ed era arrabbiato con se stesso per essersi fatto scoprire dal suo complice. Non doveva farlo, ora tutti lo avrebbero saputo e nel loro ambiente non era facile poter essere perdonati per un errore come quello. La prima regola che gli avevano insegnato era quella di spegnere immediatamente ogni apparecchio elettronico delle loro vittime per non consentire alcuna forma di controllo o verifica da parte degli investigatori. Dopo aver tolto ogni segnale di possibile riconoscimento o individuazione della vittima dovevano disfarsi di ogni cosa, far sparire ogni traccia.

Non solo non aveva gettato subito via il cellulare della persona che avevano aggredito ma se lo era anche dimenticato acceso, seppur per poco tempo.

Questa cosa lo innervosì parecchio.

Il suo amico si allontanò per ritornare dopo qualche minuto con un'altra persona.

"È vero quello che mi ha detto Alfa?" chiese con asprezza.

"Sì, purtroppo. È stata una dimenticanza, non accadrà più te lo assicuro. L'ho spento subito dopo i primi due squilli. Ora lo faccio sparire".

Due occhi glaciali lo osservavano dal basso verso l'alto.

Due occhi dai quali non traspariva alcuna pietà.

Nonostante la nebbia, pareva che tagliassero l'oscurità per farsi vedere bene ed esprimere chiaramente il disprezzo che provava.

"Sei un cretino!".

Uno schiaffo violentissimo, un dolore lancinante che gli fece voltare il capo dall'altra parte.

"Potremmo anche ucciderti per questo. Faremo i conti più tardi, ora dobbiamo andare".

Era avvilito, mortificato.

Tutta la superbia e l'arroganza erano scomparse per lasciar spazio a una gelida sensazione di paura e di inadeguatezza.

Aveva sempre servito l'organizzazione, o meglio l'ideologia non platealmente espressa dell'organizzazione, in modo perfetto, accorto, affidabile e ora, per colpa di quel maledetto cellulare, poteva correre seri rischi.

Era raro che chi sbagliava fosse punito con la morte.

Venivano utilizzati molti altri modi per non far più dimenticare che gli errori si pagano e duramente.

Nessuna pietà, nessun perdono, tolleranza zero.

Questa era una delle regole.

La principale.

Il commissario Lorenzi

Matteo aveva lasciato Carovigno da poco. L'indagine salentina lo aveva scosso parecchio. Non aveva mai immaginato, prima di allora, che la condizione dei giovani in quel periodo potesse essere degradata fino a tal punto.

La conclusione della vicenda e le indagini su il pittore danese lo avevano emotivamente provato e l'ingiustificabile atteggiamento di Cristina, la giornalista di Radio Popolare, lo aveva letteralmente sfinito.

In quei giorni aveva pensato spesso ai suoi figli, al maschio in particolare, con quel suo carattere difficile e quel dolore mai risolto dopo la morte della madre. La perdita di Eleonora era stata un grave flagello per tutta la famiglia.

In realtà non si erano più completamente ripresi da quella mancanza.

La figlia aveva reagito meglio, studiava all'università di Bologna e con lei i rapporti erano molto buoni, intensi e profondi ma con il maschio la relazione affettiva padre-figlio era davvero complicata.

Il suo vice, Enrico Del Giudice, lo rimproverava spesso per quella strana rabbia, quasi competizione, che leggeva negli occhi del commissario verso il giovane.

Fortunatamente studiava Scienze Politiche a Trento e, stando lontano da casa, i dissidi si erano inevitabilmente ridotti.

In quei giorni il commissario Lorenzi aveva sentito per la prima volta, o forse aveva deciso di ammetterlo a se stesso, che quel figlio capellone e ribelle gli mancava parecchio.

Una volta rientrato a Milano gli avrebbe telefonato e forse sarebbe andato a trovarlo fin su a Trento.

La giornata era tiepida, con quei profumi primaverili che i paesini, il mare e le spiagge dell'alto Salento brindisino sanno donare.

Prima di prendere la super strada per Bari si era fermato al bar Turicchio di Santa Sabina per salutare le due cameriere che lo avevano aiutato a risolvere il caso.

Il sole era già caldo. I piccoli pescherecci ondeggiavano sonnolenti.

Gli ultimi stoici pescatori del posto riparavano le reti e si raccontavano, da una barca all'altra, storie di improbabili avventure notturne all'atto di tirar su le reti dai fondali marini.

Matteo sorseggiava un cappuccino con lo sguardo perso tra tutti quegli sprazzi di vita lenta, la mente si perdeva alla ricerca dei momenti intensi vissuti lì con la donna che amava e che ora quasi odiava. No, no, l'odio non era un sentimento affine a quel poliziotto generoso, era più che altro la rabbia per la paura che lui aveva provato di perderla. La superficialità con la quale Cristina si era gettata nell'indagine senza rendersi conto dei gravi pericoli che poteva correre non erano la colpa reale che lui le attribuiva.

In realtà Matteo Lorenzi era furibondo con se stesso per non aver saputo starle vicino, non essere stato capace di confrontarsi con lei ed impedire che commettesse qualche sciocchezza.

Il commissario si autopuniva così, davanti a quello spettacolo imperdibile, nel profumo di una nuova e rinnovata splendida estate in arrivo in quelle lande. Con Cristina non si erano più visti dopo l'epilogo tragico delle indagini e lei gli aveva comunicato, con un timido sms, che sarebbe tornata a Milano in treno.

Era salita sul regionale, uno dei pochi rimasti, alla stazione di Carovigno deserta, quasi abbandonata anche se la pulizia dei marciapiedi e della sala d'aspetto segnalavano che una qualche presenza umana da lì era pur passata.

L'aria era limpida, pura. I raggi del sole avevano baciato i riflessi dorati dei capelli della giornalista ma questa volta non era riuscita a godere del profumo della rossa terra pugliese contrastante con il miracolo della vegetazione rigogliosa primaverile che addolciva il paesaggio e la maestosità degli ulivi secolari.

Era troppo triste, troppo stanca, troppo depressa, troppo di tutto...

Due giorni prima, quando l'indagine si era conclusa, aveva tentato di incontrare e parlare con il commissario ma questa volta Matteo era stato irremovibile. Categorico.

"Credo che sia meglio prenderci un periodo di riflessione, di pausa", le aveva detto glaciale. "Dobbiamo ripensare alla nostra storia e alle dinamiche del nostro stare insieme. Cri tu azzardi troppo. Indagare sui fatti di sangue non è un gioco, i rischi sono sempre molto elevati. Io ti amo ma non posso più sopportare questa tua continua sfida tra la vita e la morte. Non ti capisco e il mio cuore viene spezzato dalla preoccupazione persistente che tu possa essere in pericolo o rischiare di morire. Questa volta hai passato il segno. Non dovevi andare da sola senza avvertirmi, in quel casolare con quel delinquente. Hai tradito la mia fiducia".

Lei non era riuscita a dire nulla.

Era consapevole che il commissario aveva tutte le ragioni per essere arrabbiato con lei, anche furibondo ma credeva che il loro grande amore li avrebbe aiutati a superare anche questa prova.

E si rese conto che senza di lui la vita aveva poco senso.

Non poteva far altro che tornare a Milano da sola, in treno.

Tornare al suo lavoro alla radio, riprendere il filo mai interrotto delle sue inchieste sui fatti di cronaca e sperare, sperare e ancora più intensamente sperare che Matteo Lorenzi, passata la rabbia, la chiamasse per ricominciare.

Ecco Cristina Petruzzi, di Radio Popolare, donna bellissima, professionista eccellente, reporter con l'intuito spiccato per le inchieste e le indagini di cronaca nera. Progressista, di sinistra, tra le più apprezzate giornaliste della nota emittente milanese che osserva, attraverso i vetri del finestrino, il veloce susseguirsi ininterrotto degli splendidi ulivi pugliesi mentre lacrime bollenti e amare le solcano il viso.

Sentire la disgrazia

I bambini erano andati a letto.

La sala era tutta in disordine ma non se la sentiva di riassettare.

Layla aveva il cuore gonfio come nubi nere cariche di temporale.

La percezione che fosse accaduto qualcosa a suo marito era aumentata con il passar del tempo. Si ritrovava seduta sul divano ad osservare il telefono in attesa di un qualsivoglia segnale.

Il cellulare di Kaled era spento e non era più riuscita a contattarlo.

All'una di notte si era decisa e aveva chiamato Sailinì, l'amico del cuore del suo uomo ma anche lui non aveva notizie da darle.

Le spiegò che lo aveva lasciato da un amico comune in via Monte Nevoso verso le nove di sera intento a discutere di calcio e di politica e poi non lo aveva più né visto né sentito.

Sailinì cercò di rassicurare Layla ma quando riagganciò il telefono dovette sedersi per non farsi sopraffare dalla preoccupazione.

Con tutti quei razzisti in giro e con il clima di odio che si era innescato a Milano poteva accadere di tutto.

Kaled poi era un uomo senza grilli per la testa, serio, posato, lavoratore. I suoi unici interessi erano la panetteria che gestiva in via Buschi, pagare il mutuo per la casa e per il negozio, accudire la giovane moglie e prendersi cura dei tre figli, quattro con l'ultimo in arrivo. Era un uomo abitudinario, sempre gli stessi orari, gli stessi percorsi, la domenica portava Kaled e Alì alle partite, il venerdì partecipava alle preghiere alla moschea. L'unico svago era il calcio, seguiva le partite dell'Olympique Marsiglia con la tv satellitare.

Layla era passata dallo stato di preoccupazione a quello d'ansia e ora era precipitata nell'angoscia. Sentiva la disgrazia aleggiare sulla loro casa. Non sapeva più cosa fare per avere notizie del marito. Squillò il telefono e sobbalzò dallo spavento. Quando dall'altro capo sentì la parola "polizia" capì, immediatamente, che non l'avrebbe più rivisto.

Al vicecommissario Del Giudice e a Giovanna Esposti il compito non era per nulla gradito. Doversi recare a casa dei famigliari di una persona deceduta per comunicare l'accaduto non era per niente piacevole. Normalmente, in casi di omicidio, era il commissario Lorenzi che si sobbarcava quest'onere ma l'assenza di Matteo costringeva Enrico ad assumersi l'incarico.

Dopo aver recuperato il bancomat erano rientrati in commissariato e lì avevano trovato tutte le informazioni necessarie al riconoscimento.

Abdul Kaled Shimaiwa corrispondeva perfettamente, la foto era inequivocabile. Di nazionalità Egiziana, quarant'anni, viveva in Italia da quindici. Era giunto come clandestino ma dopo poco più di un anno era staro "regolarizzato", aveva lavorato come cameriere prima, muratore poi per arrivare ad aprire una piccola panetteria. Dapprima in zona Corvetto e da quasi otto anni a Lambrate all'angolo tra la via Buschi e via Valvassori Peroni.

Non c'erano notizie negative sul giovane nordafricano. Una vita tranquilla, pulita, il ricongiungimento con la moglie tre anni dopo essere sbarcato in Italia. Tre figli. Nessun precedente penale, nessuna attività politica.

L'agente Lori aveva telefonato alla moglie di Abdul Kaled preannunciando l'arrivo del vicecommissario con l'assistente.

L'uomo abitava in via Degli Orombelli, in una piccola palazzina umile e modesta degli anni cinquanta.

Layla aprì la porta e fece accomodare i due poliziotti.

Mentre Del Giudice mostrava una foto di Abdul alla giovane donna la Esposti si guardava intorno osservando la speciale armonia dell'ambiente nonostante il disordine evidentemente causato dai bambini. Alcuni drappi multicolori coprivano parte delle pareti, molte fotografie ritraevano Abdul con la sua compagna, una foto del matrimonio scattata con quel misto di ritocco che faceva tanto anni sessanta italiani. La sobria dignità di una famiglia con l'ambizione e la speranza di un futuro modesto ma sereno.

E la devastazione che avrebbe procurato quel delitto.

Alla donna non uscì una lacrima. Giovanna Esposti ne rimase scossa. Come d'uso e nonostante l'ora tarda il vicecommissario fece una serie di domande alla giovane donna.

Si sapeva che le prime dichiarazioni a caldo spesso contenevano le tracce necessarie alla soluzione dei casi. Capitava che un particolare raccolto in una deposizione immediata si rivelasse fondamentale nel portare alla luce le ragioni che si celavano dietro un delitto.

Piccoli frammenti, tracce cristallizzate, particolari talvolta insignificanti che, come in un puzzle, consegnavano agli inquirenti i tasselli strategici per comporre il quadro investigativo.

Anche Del Giudice rimase sorpreso della compostezza di Layla.

Se non avesse già raccolto dagli occhi della donna la netta sensazione personale di una pulizia morale e un'onestà profonda, avrebbe potuto anche sospettarla.

Aveva un atteggiamento molto altero, quasi distaccato.

Non poté raccontare dettagli particolari. Suo marito stava in piedi quasi tutta la notte a infornare il pane, apriva la bottega al mattino, preparava dei particolari panini speziati per la colazione dei figli che il primogenito passava a ritirare in negozio prima di andare a scuola.

In tarda mattinata, dopo che i figli si erano tutti recati a scuola, lei finiva di riassettare la piccola abitazione e andava a dare il cambio al marito per consentirgli di riposare un paio d'ore.

La Esposti le chiese se avessero ricevuto minacce da qualcuno magari per motivi razziali. La donna raccontò che a parte qualche stupida battuta ricevuta da un paio di clienti tipicamente razzisti (ma che comperavano pane e pizza solo da loro) non aveva mai visto né sentito Kaled lamentarsi o raccontarle di minacce.

Le rate dei prestiti venivano pagate puntualmente alla banca e seppur non fossero benestanti a loro non mancava proprio nulla.

I due poliziotti si congedarono invitando Layla a presentarsi in commissariato il giorno successivo. Con il viso dalle guance tonde racchiuso nel fazzoletto avvolto intorno al capo la donna annuì in silenzio. Una volta usciti si appoggiò con la schiena alla porta e, finalmente, diede sfogo al proprio immenso dolore.

Tina & Valerio

Mentre il suo uomo dormiva pesantemente nel letto cha aveva sorvegliato la loro vita per decenni, Tina non riusciva a chiudere occhio.

Le immagini che aveva visto qualche ora prima, seppur confuse dalla nebbia, le avevano ingrigito il cuore.

Un peso enorme le si era depositato nell'anima.

Il dubbio continuava ad affliggerla, doveva dire tutto a Valerio?

Lo stato precario di salute del marito la inibiva. Sapeva che se gli avesse raccontato quel che aveva parzialmente visto o meglio "intuito" lo avrebbe fatto indignare scatenando l'ira di quel suo cuore zoppicante peggiorandone le condizioni.

I medici dell'Istituto dei Tumori erano stati chiari.

Non le avevano nascosto nulla. Purtroppo la metastasi era in uno stato molto avanzato, definitivo e il cuore era a pezzi, impossibile praticare qualsiasi tipo di chemioterapia.

Tina, nonostante i suoi ottantadue anni, le ossa doloranti e malferme, non avrebbe mai consentito che il suo uomo, il suo giovane "partigiano" si spegnesse in un letto terminale imbottito di morfina.

Lo accudiva come un bambino. Lo aiutava ad alzarsi, lo puliva, quando era un po' più in forze lo accompagnava in bagno dove la straordinaria intimità derivata dalla storia comune in tempo di guerra le consentiva di tenerlo stretto anche nei momenti dei bisogni corporali più intimi.

In quei momenti Valerio la guardava con amore e fierezza.

Non si vergognava. Da uomo forte, duro e temprato alla brutalità che la vita aveva riservato a coloro che avevano vissuto e combattuto il regime fascista per conquistare la libertà, riusciva a capire la tenerezza e l'amore della sua donna.

La giovane staffetta partigiana, la sua Tina.

Chi aveva vissuto, a quei tempi, ogni istante della propria vita senza sapere se sarebbe stato morto o vivo il momento successivo, poteva provare vergogna a mostrarsi così nudo e inerme indifeso di fronte a quella terribile malattia?

Molti sarebbero sprofondati nella vergogna ma non lui, medaglia d'oro al valore militare.

Uno di coloro che avevano trasportato i mattoni della futura libertà a piene mani, senza timore, pronto al martirio.

Il loro era stato, ed era ancora, un amore impenetrabile a qualsiasi negatività esterna. Valerio aveva voluto conoscere esattamente le sue condizioni di salute e quanto tempo gli rimaneva da vivere. Tina non gli avrebbe mai e poi mai nascosto la verità sulla malattia. Lui era uomo d'azione, l'avrebbe affrontata a viso aperto come era solito fare quando militava nella resistenza e giustiziava i fascisti.

Ma ciò che aveva intravisto quella notte non provava desiderio di raccontarlo. Valerio si sarebbe alterato, avrebbe gridato alla ingiustizia, il suo cuore avrebbe potuto non reggere all'indignazione e, in questo caso, lei era gelosa degli ultimi suoi istanti di vita.

Non voleva perderlo prima della condanna definitiva sancita dal male.

Non riusciva a dormire. Si era girata e rigirata a lungo nel letto. Alla fine si era seduta e aveva ripreso a leggere un libro di Ignazio Silone, *Fontamara*, che le teneva vivi i ricordi sulla barbarità del regime. La scrittura le risultava insolitamente pesante, faceva fatica a concentrarsi, i pensieri scivolavano continuamente verso l'immagine di quelle tre figure che colpivano e abbattevano quell'uomo. Quando si era nascosta dietro il muretto non era riuscita a non ascoltare i rumori della violenza perpetrata da quelle bestie, delle ossa che venivano spezzate, dell'implorazione alla pietà durata un solo istante e poi il tonfo nella nebbia, quel rumore sordo e soffocato del corpo che muore.

Quanti ne aveva sentiti di quegli addii alla vita?

I ricordi l'avevano catapultata indietro nel tempo e solo le carezze al cane per tenerlo tranquillo avevano rappresentato il filo sottile di collegamento con il presente, con la realtà amara che si svolgeva a poche decine di metri di distanza. No, non lo avrebbe detto al suo uomo ma la sua coscienza pulita le dava violenti strattoni al cuore.

Lorenzi rientra al commissariato

"Bentornato commandantte".

Con la sua solita e tipica accentazione sarda l'agente Parris salutò con un grande sorriso il passaggio del commissario Lorenzi.

"Comodo, comodo, Parris. Come stai? Tutto bene?".

"Assolutissimmamente sì, commandantte".

"Non sono comandante, Parris, quante volte te lo devo dire?".

Matteo sorrise e passò oltre lo sguardo stupito a bocca aperta del suo sottoposto.

Si voltò ad osservare la sua "piccola vedetta sarda", scosse la testa benevolmente e si riappropriò del suo ufficio.

Una volta seduto alla scrivania chiuse gli occhi per inspirare profondamente l'odore familiare della sua vita, della lunga storia di poliziotto vissuta tra quelle mura. Accarezzò la parte morbida e vissuta del pianale della scrivania che aveva visto transitare centinaia, migliaia di cartelle e documenti che trattavano tutte del medesimo argomento: il sangue.

Ripensò alle vicende che aveva appena vissuto in quel, all'apparenza, tranquillo paesino meridionale che nascondeva le stesse contraddizioni e i medesimi disagi sociali della grande metropoli dietro a vecchie porte sonnolente.

Le immagini violente della morte del giovane Rocco e del capobanda Tony il magro o "Tony lu mazzu", com'era soprannominato laggiù, gli riempivano ancora la mente e aggrovigliavano i pensieri.

Inevitabilmente le sensazioni scivolarono verso Cristina. Non era più arrabbiato con lei nello stesso modo di quando si erano lasciati a Carovigno e si chiese cosa lei stesse facendo in quel momento.

Esitò un attimo, prese il cellulare, digitò il nome della sua donna… poi si fermò. Era ancora prematuro risentirla.

In fin dei conti lei gli aveva devastato l'animo con quella tremenda imprudenza.

Lui si era sentito stupido, inutile, non tenuto nella dovuta considerazione dalla donna che amava. Era davvero così importante lui nella vita della giornalista? E se era così perché Cristina non aveva messo in conto che rischiando la vita avrebbe "ucciso" d'ansia e preoccupazione anche l'uomo tanto amato?

In quella vicenda erano emerse delle dinamiche relazionali che non funzionavano. Qualcosa di nascosto, come un relitto nel mare, mostrava un ché di sconosciuto agli occhi del commissario.

La porta si spalancò all'improvviso facendo saltare Lorenzi sulla sedia.

"Commissarrio, le ho portatto un caffè buonno buonno".

"Parris! Porca miseria ladra! Quante volte ti devo dire di bussare prima di entrare! Sempre la stessa storia, ma un giorno o l'altro io ti…" non finì la frase perché la buffa espressione da pesce lesso e servito al cartoccio assunta dell'agente Parris, gli smontò la collera.

"Posa qui quel caffè e sparisci dalla mia vista, immediatamente… e non permetterti più di entrare in quel modo" disse sospirando.

Parris si dileguò all'istante. Chiuse la porta dell'ufficio di Lorenzi sorridendo proprio mentre giungevano Del Giudice e la Esposti.

"Beh, che hai da ridere, Parris?", chiese il vicecommissario.

L'agente fece il segno del silenzio con l'indice sul naso e rispose.

"È tornatto, è tornatto. Il capo è tornatto, come sono contento!".

I due si osservarono increduli mentre Parris si dileguava leggero come un ballerino d'opera per il corridoio.

Enrico bussò e aprì la porta in contemporanea.

"Posso? Ciao Matteo".

"Buon giorno commissario, bentornato", fece eco la Esposti.

Lorenzi sollevò il capo dalla montagna di documenti che gli troneggiava davanti e rispose ai saluti.

La poliziotta era particolarmente solare, la divisa attillata faceva risaltare le forme sinuose del corpo, il commissario la notò.

Per la prima volta da anni si accorse che la sua giovane collega non era solo una poliziotta ma anche una donna.

“Ma cosa stai pensando?”, gli chiese una parte della sua coscienza.

“Caspita che bella donna”, rispose la parte avversaria nella sua mente.

Matteo si scosse per cacciare via quello strano pensiero da sé.

Giovanna, dotata di una sensibilità sopraffina, come tutte le donne, aumentata dalla continua attenzione a tutti i piccoli segni e particolari dovuta al costante lavoro investigativo, notò un leggero lampo, mai visto prima, negli occhi del suo capo e rimase per un istante interdetta.

Aveva “visto” qualcosa di diverso nell’occhio infallibile del suo superiore, qualcosa di non prettamente poliziesco.

Il vicecommissario elencò gli ultimi fatti accaduti durante l’assenza di Lorenzi e fece il resoconto delle indagini in corso.

Tra queste l’assassinio del panettiere egiziano e una rapina con sparatoria tra malviventi e una guardia giurata davanti ad una banca in via Vallazze.

Metteo era particolarmente colpito dall’assassinio avvenuto in via Peroni.

“Possibile che non ci siano testimoni, che nessuno si sia accorto di nulla a due passi dal commissariato?” chiese.

“Al momento non abbiamo testimoni. Era domenica, pioviginava e c’era foschia. Quando sono arrivato una nostra pattuglia era già sul posto, c’erano i vigili urbani e un’autoambulanza. Poco dopo è arrivato il medico legale”.

“Chi c’era di turno?”.

“Nelli”.

“Cosa vi ha detto?”.

“Attendiamo l’esito dell’autopsia. La sua prima impressione è che sia stato ammazzato di botte”.

“Che idea vi siete fatti? Avete raccolto testimonianze? Parenti, amici…”.

“Ad una prima analisi sembra tutto a posto. L’uomo è giunto in Italia in uno di quei barconi che arrivano a Lampedusa. Ha svolto diversi lavori da clandestino. Dopo aver ricevuto il permesso di soggiorno ha aperto una panetteria nella zona delle case popolari di piazzale Corvetto. Poi si è trasferito qui a Lambrate e c'è stato il ricongiungimento con la moglie. Hanno avuto tre figli. Al momento non sono emersi elementi anomali. Lavoro in regola, famiglia a posto. Rate del mutuo pagate senza ritardi, nessun contatto con elementi di organizzazioni islamiche che sono sotto controllo Digos".

"L'indagine la state seguendo personalmente?".

"Sì commissario", rispose velocemente la Esposti, "abbiamo subito aperto un fascicolo ed avvisato il magistrato".

Lorenzi sorrise alla collega.

"Bene Giovanna. Portami una copia del fascicolo d'indagine e chiamate Nelli per il risultato dell'autopsia. Fatemi sapere quando sarà pronto".

"Certo commissario".

La Esposti uscì dall'ufficio seguita dallo sguardo attento di Matteo.

Il vicecommissario inarcò le sopracciglia e voltò la testa per seguire le osservazioni di Lorenzi.

E sorrise.

Lorenzi se ne accorse.

"Beh, Enrico! Che hai da ridere?"

"Io?", fece sorpreso e con un sorrisino malizioso il vice. "Nulla, proprio nulla. Mi pare che tu abbia apprezzato la divisa della Esposti, o no?".

"Io? Ma cosa stai dicendo?", nel frattempo le gote del commissario erano arrossite furiosamente in segno d'imbarazzo. "Non fare lo spiritoso e portami le foto della Scientifica, subito, voglio visionarle".

"Certo capo, subito capo, immediatamente capo", rispose ridendo e alzandosi in piedi Del Giudice, "e... a proposito, come sta Cristina?".

Il commissario alzò lo sguardo furioso.

"Enrico, se dici ancora una parola... vai ora, vai" e gli fece cenno con la mano di allontanarsi.

Fu in questo modo che Del Giudice capì che tra il commissario e la bella giornalista di Radio Popolare c'erano, nuovamente, problemi.

Mezz'ora più tardi Lorenzi iniziò a leggere il rapporto sull'assassinio del giovane panettiere.

Il giorno dopo a Civesio, bar Acli

L'automobile dalla forma allungata, sinuosa, posteggiò delicatamente davanti all'ingresso del bar Acli di Civesio.

Un posto tranquillo in una zona poco frequentata dai loro colleghi.

Da un'altra macchina parcheggiata davanti scese una persona.

La giornata era nuvolosa e minacciava pioggia.

Un vento gelido penetrava cattivo tra le fessure dei vestiti dei rari passanti intabarrati in pesanti giubbotti. Per essere aprile faceva ancora molto freddo.

Una coda improvvisa del gelido inverno appena trascorso.

Aprirono la porta ed entrarono nell'accogliente saletta del posto.

La barista, una bella signora dai capelli scuri e dagli occhi blu magnetici li accolse familiarmente.

"Ciao Romina", disse quello calvo, massiccio, dal volto inquietante, "per me un caffè macchiato caldo con del cacao e un cornetto alla crema".

"Per noi il solito", disse l'altro.

Si sedettero ad uno dei tavolini vicino al biliardo, dalla parte del cortile interno.

Un po' distanti dal banco bar per non far ascoltare i loro discorsi.

La terza persona dal viso pallido e dalle mani con lunghe dita bianche che parevano aver assorbito il gelo esterno esordì: "Ho parlato con il capo. Ho dovuto raccontargli del telefono. Dovevi vedere il suo sguardo, ti avrebbe fatto a pezzi. Ho cercato di fargli capire che si è trattato di un errore, che è stato un solo istante ma questo non gli ha fatto cambiare parere. Vuole incontrarti, ti farà sapere dove e quando".

L'uomo iniziò a sudare e si asciugò la fronte con il fazzoletto.

"Maledizione a me e a quando non l'ho spento. Non so come mi sia potuto accadere. Eppure non è la prima volta che...".

"Stai zitto! Stai zitto, non dire più una parola. Vuoi che ci senta qualcuno? Non ti basta quello che hai combinato?", lo interruppe duramente l'amico.

"Il capo cercherà di capire attraverso persone fidate che possono entrare nelle linee telefoniche se è rimasta traccia di quella telefonata, se è così cercheranno di cancellarla. La cosa importante è arrivarci prima degli investigatori. Quelli del nucleo di Lambrate sono dei mastini, quando si mettono a cercare qualcosa non mollano e poi c'è quel commissario che ha un fiuto particolare. Non poteva andare peggio di così, è rientrato".

I due amici si guardarono l'un l'altro in silenzio.

La barista, serviti altri due avventori al banco, si avvicinò al terzetto.

"Allora? Come va? Come mai da queste parti? È un po' che non vi vedo".

"È un caso. Oggi siamo a lavorare a San Donato e abbiamo pensato di venire a prendere una caffè da te. Il tuo bar è sempre molto accogliente", rispose l'uomo più giovane con i capelli corti e i baffetti appena segnati sul labbro.

Gladio continuava a sudare sempre più copiosamente e Romina lo notò.

"Che c'è? Non si sente bene?", chiese curiosamente.

"No, no, va tutto bene. Mi dev'essere rimasto sullo stomaco qualcosa, forse ho preso troppo freddo".

"Le preparo un bel tè caldo che le farà sicuramente bene".

La barista si voltò e sparì in un lampo.

"Che ti succede ancora?" chiese Alfa a Gladio.

"Niente, sono preoccupato. Ho letto e sentito che quel commissario è un tipo da prendere con le molle. Speriamo che i nostri riescano a risolvere questa storia della telefonata".

Le mani pallide lo presero delicatamente per il giubbotto, lo guardò profondamente negli occhi e sibilò: "Fino ad ora è sempre andato tutto bene. Quando è stato commesso qualche errore il capo è sempre riuscito ad intervenire e a risolvere i problemi... e così sarà anche questa volta... ma... tu devi mantenere la calma. Sei stato addestrato per questo, ricordalo sempre in quella tua zucca vuota".

Gladio non disse più nulla ma il tarlo della possibile presenza del commissario Lorenzi su quel caso lo tormentava.

Aveva letto e sentito delle imprese di quel poliziotto.

La sua fama era notevole, i giornali e le televisioni ne parlavano spesso.

Era vero che la loro organizzazione non aveva alcun timore della polizia anzi i rapporti, le confidenze e la commistione con molti dei vertici di polizia, carabinieri e militari era alta e conosciuta tra loro ma poteva sempre capitare che una scheggia impazzita, un investigatore onesto e incorruttibile potesse arrivare a sospettare qualcosa.

In quel caso poteva diventare un problema serio.

E quel poliziotto di Lambrate era uno dei peggiori, un democratico, uno incorruttibile, un ficcanaso.

"Un comunista. Si dev'essere proprio così. E quelli sono i peggiori", pensò e gli balenò in mente l'idea di cercare di capire se l'indagine fosse stata effettivamente affidata a quel bastardo.

Ma non disse nulla ai colleghi, era un'idea tutta sua.

"Si sa già quando ci saranno i funerali di quella merda?".

Le parole di Alfa scossero Gladio dai suoi pensieri sul commissario.

"Non si sa ancora nulla. Lo sapremo dai giornali. Ho visto che c'è molta tensione tra gli arabi da quelle parti. Il tipo era molto conosciuto".

"Dovremmo rimandarli tutti a casa loro a calci in culo".

"Lo faremo, lo faremo. Ci vuole tempo. Bisogna ripulire questa città da tutta quella feccia straniera e anche dai rossi che continuano a rompere i coglioni".

Scoppiarono a ridere.

Romina notò che erano particolarmente allegri quel giorno.

Quando i tre uscirono il cielo rovesciò loro addosso tutte le lacrime del pianto degli sfruttati della terra uccisi per niente, quasi per gioco.

Oltre a piangere il cielo non poté far nulla.

Marta Jovine

A Radio Popolare c'era un viavai rumoroso.

Al distributore del caffè si alternavano i redattori, alcuni collaboratori esterni e diverse figure storiche della radio.

Scuffietti conversava simpaticamente con una giovane ragazza quando vide arrivare Cristina.

"Uelà Cristina, finalmente sei tornata. Vieni, vieni che ti offro un caffè e ti presento una persona che stava aspettandoti".

La giornalista si avvicinò e strinse forte la mano al collega, il mito storico del rock progressive della radio.

Era molto pallida.

"Non stai benissimo, vedo", disse Renato.

"Per niente. In Puglia è stata dura, una gran brutta storia, sono ancora scossa".

"Ho sentito qualche tuo servizio da Radio Salento Onda Rossa. Proprio una brutta storia. 'Sti ragazzi che si spappolano il cervello con queste porcherie chimiche. Almeno, quando noi eravamo giovani, le cose erano tutte più naturali anche se durante il periodo dell'eroina ne sono partiti parecchi".

"Già", affermò Cristina mentre sorseggiava il caffè nel piccolo bicchierino bianco.

Era distratta, il pensiero del commissario e del rischio di averlo perso la tormentava da quando era ripartita da Carovigno.

Scuffia, che la conosceva da tempo, se ne accorse ma non disse nulla. Sapeva che era donna forte e tutta d'un pezzo e che non si lasciava andare a confidenze facilmente.

Se avesse voluto sfogarsi avrebbe iniziato lei per prima.

"Cristina ti presento Marta Jovine, una nuova collaboratrice".

La giornalista osservò la ragazza.

Una giovane sulla ventina. Alta, magra, poche linee di efelidi che si srotolavano lateralmente orizzontalmente dal naso alle guance.

I capelli lungi ed acconciati in stile rasta, una kefiah bianca e rossa al collo.

Due piercing sopra e sotto il labbro.

Indossava dei pantaloni lunghi neri e un paio di anfibi stile punk.

"Marta collabora con noi da oggi. Studia all'università ma ha una gran voglia di imparare il mestiere, il brutto mestiere della giornalista sottopagata...", si fece una risata. "Il direttore l'ha assegnata a te. Le devi spiegare tutti i trucchi e farle da nave scuola giornalistica, è appassionata di cronaca nera e ti segue. Conosce tutte le tue inchieste. È formidabile, sa esattamente tutto quello che hai fatto negli ultimi due anni!".

"Davvero?", rispose sorridendo con gli occhi stringendo la mano alla giovane praticante.

Marta Jovine annuì arrossendo.

Vedere l'emozione della giovane intenerì Cristina che prese subito in simpatia la sua nuova collaboratrice.

"Vieni, andiamo nel mio ufficio a vedere quali sono le novità di questi giorni".

Prese Marta sottobraccio e la trascinò via.

Renato rimase ad osservare Cristina, avvolta nei suoi jeans attillati infilati dentro gli stivali che si allontanava ondeggiando.

Sentì posarsi una mano sulla spalla.

"Che fica eh?".

Scuffietti annuì con convinzione e poi riprese il collega.

"Non si dicono certe cose compagno Gennaro!".

Si allontanò seguito dalla risata divertita di Gennaro che non staccò gli occhi dal bel sedere della giornalista fino a quando svoltò nel lungo ufficio redazionale in basso a destra, dopo le scale.

"Che bel culo!", pensò.

Lambrate, quartiere solidale

Chi è nato e vissuto a Lambrate può testimoniare che lì, nonostante il disastroso passare degli anni, dei governi e dei politici che tanto hanno fatto per distruggere i valori di lealtà, umanità e dignità tra la gente comune, la parola solidarietà ha ancora un suo senso.

Certo è tutto sbiadito, accartocciato, quasi appiattito dall'ipocrisia e dall'egoismo dei tempi moderni, ma a Lambrate la solidarietà è ancora pulsante.

La storia del quartiere, la storia della Resistenza in quelle strade con il più alto numero di caduti nella città di Milano per la lotta di liberazione, le lotte operaie dell'Innocenti e della Innse più recentemente e le rivendicazioni degli studenti, hanno inciso nel cuore e nel ricordo di molti abitanti il seme ancora vivo della libertà, della democrazia e della solidarietà.

***

Per Layla fu durissimo alzarsi quel mattino per andare ad aprire la panetteria. Il cuore le sanguinava amaro, le forze le mancavano, la sventura che aveva colpito la sua famiglia, straniera in terra straniera, era lì davanti impietosa a dimostrarle che tutto era finito.

La dolce storia d'amore tra la giovanissima Layla e il bellissimo Kaled, iniziata nei popolosi quartieri periferici de Il Cairo, tra sguardi mascherati e sorrisi a distanza era finita per sempre.

Oh quanto era bello il giovane Kaled!

Quanto era corteggiato, quanti cuori di giovani ragazze arabe aveva fatto palpitare.

Ma il ragazzo non aveva occhi che per Layla, non aveva cuore che per Layla, non aveva pensieri che per lei.

Una sera, dopo averla aspettata nascosto nei vicoli del quartiere, le era comparso davanti all'improvviso facendola spaventare.

Lì nel buio, nel chiassoso rumore delle famiglie egiziane pronte alla cena, le aveva confidato tutto il suo amore, la sua dedizione e la sua promessa: "Partirò, andrò in Europa per te, solo per te, solo per noi, e un giorno tornerò e ti porterò via. Sarai la mia sposa, se Allah vorrà, e avremo cento figli, cento fiori, tutti belli come te".

Riuscì a darle un bacio furtivo che fu più dolce e intenso di qualsiasi incontro delle carni e fuggì dileguandosi tra i vicoli, nella notte.

La giovane Layla non si lavò le labbra per giorni, per mantenere stretto e impresso su di sé l'unico atto d'amore con Kaled.

Seppe solo dopo molti mesi che lui era arrivato in Italia e che aveva trovato lavoro.

Un giorno un amico di Kaled si presentò a casa dei genitori di Layla portando una lettera nella quale il giovane egiziano raccontava che aveva aperto una panetteria a Milano, che aveva ricevuto il permesso di soggiorno e che la chiedeva in sposa.

Possiamo immaginare lo stupore del padre e della madre che mai avevano sentito il nome del giovane pronunciato dalle labbra della figlia.

Il ragazzo era conosciuto, era anche di buona famiglia ma se ne erano perse le tracce da tempo. I suoi genitori erano stati in angoscia per quel viaggio migrante che il ragazzo aveva deciso di affrontare nel buio nemico del Mar Mediterraneo.

Molti lo avevano dato per morto. Anzi erano sicuri che fosse morto in uno di quei tragici naufragi che segnano di sangue una via d'acqua che dovrebbe essere la più naturale e sicura congiunzione tra differenti popoli e tradizioni ma con le stesse necessità: vivere e avere un'opportunità.

Poi erano arrivate le notizie dal centro di detenzione per immigrati prima e le belle notizie del cambio di status.

L'Italia! Un sogno che si realizzava.

Kaled aveva lavorato duramente e aveva sopportato angherie pesanti e insulti e aveva provato vergogna per il colore della sua pelle, per quella sua diversità così mal sopportata dalla gente comune, da persone comuni, come quelle che popolavano il suo quartiere.

Aveva sopportato tutto e di tutto.

Ma, alla fine, ce l'aveva fatta. Si era impegnato, era anche riuscito ad avere un finanziamento da una banca meno ostile delle altre e aveva iniziato a plasmare il pane.

Impastare, aggiungere, girare, pigiare, schiacciare, infornare.

Ogni volta che preparava il pane, che profumava tutto l'ambiente della sua piccola attività in zona Corvetto, lo faceva con un amore e una delicatezza impossibile da credere.

Nel maneggiare l'impasto morbido e vellutato Kaled accarezzava la pelle della sua sposa promessa.

Quando finì di pagare il piccolo finanziamento del forno e impastò il primo pane libero dal debito pianse, nella notte, con la radio che inondava il laboratorio di musica del suo Paese.

E quelle lacrime salate penetrarono nell'impasto e resero il pane di un sapore particolare, il migliore che avesse mai fatto.

Il primo pane libero, quello del trionfo dell'amore per la sua piccola donna che lo aspettava a Il Cairo.

La madre della ragazza fu sconcertata dalla richiesta di matrimonio presentata nella lettera di Kaled e indagò a lungo negli occhi della sua primogenita per capire cosa fosse successo.

Layla chinò il capo arrossendo e la madre capì che i due cuori si erano uniti. Le diede il benestare.

Il padre che, come tutti gli uomini, era più superficiale, rimase interdetto e seguì il consenso della moglie.

Il resto fu storia d'amore.

Tra le più belle.

Allietata dall'arrivo dei tre splendidi bambini e dal trasferimento a Lambrate con la nuova panetteria, proprio vicino alla stazione, dove passavano decine e decine di studenti che si fermavano regolarmente ad acquistare pizzette, focacce e panini attratti dal profumo intenso che si sprigionava dal negozio dove la porta veniva lasciata strategicamente socchiusa estate e inverno.

Quando si amarono per la prima volta tutto fu semplice e facile.

Layla non avrebbe mai creduto di poter provare un piacere simile e Kaled, che aveva trattenuto le proprie voglie per mesi e mesi, riuscì ad esser dolce, non invadente e delicato come un tenero amante.

Il resto è storia risaputa.

Di tutto questo ora non rimane che il ricordo.

Si è alzata presto, ha preparato la tavola per la colazione dei ragazzi, una sua amica verrà più tardi a sistemarli e portarli a scuola. I ragazzi non hanno ancora capito bene, forse il grande, Kaled ha intuito, ma se così è non lo dimostra quasi avesse già assunto il ruolo di nuovo piccolo capofamiglia.

Layla non ha mai preparato il pane.

Si occupava della casa e dei ragazzi e aiutava nella vendita solo per alcune ore. Come farà ora a mandare avanti il negozio, a fare il pane, a occuparsi di tutto senza di lui e con quel tremendo masso sul cuore?

Layla non piange davanti ai figli e nemmeno con gli amici, si lascia un po' andare solo con la sua amica del cuore.

Libera i sentimenti e consente al cuore di tracimare fuori tutto il dolore che le si è annidato dentro.

È disorientata ma ferma nei propositi.

Chiederà, parlerà, incontrerà, indagherà, vuole sapere, vuole capire.

Il suo Kaled non aveva mai fatto del male a nessuno, non aveva mai litigato con nessuno, perché lo hanno ammazzato?

L'alba sta lentamente aprendo le persiane sul nuovo giorno mentre lei esce dal portone e si avvia verso il negozio lì di fronte.

Quando arriva l'attende una sorpresa, bella, lieta, di quelle che ti fanno sì piangere ma dissolvono l'amarezza dal cuore.

Davanti al negozio ci sono decine di messaggi, mazzi di fiori, foto. Scritte che ringraziano Kaled, che dicono che gli vogliono bene, che stanno dalla "sua" parte, che lo ricordano con affetto, con amore.

La donna osserva tutta quella dimostrazione di solidarietà, di vicinanza, di amicizia, ci sono parole in arabo ma tante, tante, decine e decine in italiano.

Loro, gli italiani, e lei pensa che forse c'è ancora una speranza.

Tocca un mazzo di fiori legato vicino ad una bella foto del suo uomo, sorridente come sempre, accarezza la foto, le viene da piangere ma sono lacrime diverse, sono lacrime di rivolta, non rassegnate.

Ora Layla sa che farà tutto il necessario per avere giustizia.

La reporter

Squillò il telefono.

Un'amica di Layla che era andata ad aiutarla al forno rispose.

Non capiva bene l'italiano e la confusione di gente nel negozio non le faceva intendere bene le richieste. Cercavano Layla.

"Vieni al telefono", le disse in arabo.

La donna si attaccò alla cornetta.

"Pronto?".

"Pronto? La moglie di Shimaiwa? Cerco la moglie di Kaled... sono Cristina Petruzzi, una giornalista. Vorrei parlarle...".

"Sono io, sono Layla Shimaiwa, la moglie di Kaled", rispose risoluta.

"Vorrei venire a trovarla per farle un'intervista se fosse possibile".

"Che giornale siete?".

"Niente giornale. Sono una giornalista di una radio, Radio Popolare di Milano".

"Noi ascoltiamo la vostra radio. Vi ho sentiti molte volte...".

Fissarono un incontro per quel pomeriggio.

Quando entrarono nell'appartamento, Cristina Petruzzi e la sua collaboratrice Marta Jovine rimasero stupefatte.

La casa era in perfetto ordine. Tirata a lucido.

I pavimenti quasi brillavano rilanciando i riflessi degli ultimi raggi di sole che penetravano dalla vetrata della sala.

Sui mobili non v'era nemmeno un granello di polvere.

Il divano e il copridivano profumavano di fresco bucato appena fatto.

Sul tavolino basso posto davanti al divano una teiera e alcune tazzine di peltro lucidato troneggiavano nell'attesa di essere utilizzate per il rituale del tè alla menta.

Tutta la casa emanava una sacralità e una tranquillità che contrastavano con gli accadimenti e con il clima che pensavano di trovare a causa dell'omicidio.

Layla era bellissima.

Avvolta in un costume tradizionale, gli occhi perfettamente truccati, le unghie curate.

Quando si furono accomodate la donna presentò loro, in ordine di grandezza i tre figli.

Erano puliti, ordinati, parevano vestiti a festa.

Educatamente porsero la mano alle due giornaliste e si accomodarono con le mani appoggiate sulle ginocchia.

Negli occhi della piccola si leggeva una grande curiosità verso quelle ospiti inattese.

Luna era soprattutto incuriosita da tutti quegli strani aggeggi che la giovane ragazza dai capelli rasta portava sopra e sotto le labbra.

Il primogenito Kaled era vestito di tutto punto come un ometto, un piccolo lord dai pantaloni e dal golfino bianco.

"Signora, vorremmo farle alcune domande. La nostra è una radio diversa dalle altre, noi facciamo inchiesta e vorremmo capire qualcosa in più di quello che vi è successo ma senza disturbarla, solo se ritiene possibile concedercelo".

Marta e Luna si scambiavano sorrisini di simpatia che scioglievano un po' l'aria compita e formale dell'incontro.

La parola esatta era dignità.

Ecco, quella piccola famiglia di immigrati egiziani, colpiti duramente dalla disgrazia, emanava un'immagine di grande compostezza.

"Con voi posso parlare", rispose la giovane madre.

"E i bambini?" chiese Cristina indicandoli. "È il caso che siano presenti? Potrebbe essere un'intervista dolorosa".

"I miei ragazzi sanno che il padre è stato ucciso. Sono consapevoli. Non hanno bisogno che gli venga nascosta la realtà. La affronteranno con me e con il loro nuovo fratellino", rispose Layla accarezzandosi il ventre proteso.

Luna si spostò e andò a sedersi vicino alla madre accarezzandole il gonfiore della gravidanza.

Cristina rimase colpita da quelle parole e provò subito una grande stima verso quella donna e quei piccoli diventati adulti nel giro di un giorno, un attimo, un lampo.

Luna versò il tè e porse le tazze alle due donne.

Cristina fece una serie di domande che le servivano per farsi un quadro preciso della vicenda.

Non aveva ancora preso contatti con il commissariato di via Clericetti per il timore di incontrare Lorenzi.

Avrebbe incaricato la collaboratrice di andare a raccogliere le riflessioni degli investigatori.

Layla raccontò la storia della loro vita, dell'amore fugace mai consumato, dell'attesa, della felicità di saperlo vivo, della richiesta di matrimonio, del viaggio verso l'Italia, della panetteria, della gioia dell'arrivo dei figli.

I maschietti ascoltarono tutto il racconto immobili come statuette.

Il profumo della menta avvolse quell'incontro.

Piano piano la formalità si sciolse e la conversazione divenne più intima, amichevole.

La donna gradatamente si sentì sempre più a suo agio e raccontò altri particolari che non aveva ancora rivelato in modo dettagliato agli inquirenti.

Quella giornalista le dava un senso di fiducia e negli occhi della ragazza dagli strani piercing occidentali vedeva onestà e purezza d'animo.

Tre donne sensibili si incontrarono, non vi furono barriere razziali, né di lingua né di tradizione ma semplicemente tre donne con il rispettivo bagaglio umano composto di quella generosa sensibilità femminile spesso così incomprensibile agli uomini.

Raccontò dell'atteggiamento un po' razzista che avevano subito i primi tempi che si erano trasferiti a Lambrate e di come questa cosa era diventata, nel corso degli anni, più uno sfogo verbale che un vero e proprio pericolo.

La collaboratrice di Cristina annotò tutto a gran velocità in un piccolo netbook mentre la giornalista registrava l'intervista.

Ad un certo punto Alì alzò la mano, voleva chiedere qualcosa.

Layla acconsentì con un quasi impercettibile segno del capo.

"Signora giornalista chi ha ucciso mio padre?".

"E perché? Era tanto bravo", intervenne la piccola Luna.

L'unico che non disse una parola fu il primogenito, Kaled, che durante tutto il tempo dell'intervista non sorrise mai.

"Troverete chi ha ucciso il mio papà?", chiese ancora la piccola.

Lo sguardo fiero di Layla fu solcato da una impercettibile lacrima che scese via veloce per sparire nel fazzoletto legato sotto il mento.

Quando uscirono dallo stabile, Cristina era scossa.

Non riusciva a capacitarsi di tutta quella compostezza.

Chissà perché si aspettava scene di pianti quasi teatrali, sulla falsa riga dei pianti tradizionali meridionali del nostro paese, nei quali non riesci mai a capire qual è il confine tra il dolore reale e il rituale imposto dalla tradizione.

Invece nulla.

Compostezza, fermezza, intransigenza ma anche tanta dolcezza e accoglienza.

Diede un suo biglietto da visita, come riconoscimento, a Marta e la spedì ad incontrare qualcuno del commissariato, alla Mobile.

Rientrò in radio e si mise subito al lavoro andando a cercare più notizie possibili su casi di xenofobia, razzismo, episodi di malavita e di contrasto tra le varie etnie presenti a Lambrate.

Con il suo solito modo di lavorare iniziò a raccogliere elementi e a catalogarli.

Costruì la prima generica maglia dell'indagine di cronaca.

Marta, nel frattempo, aveva incontrato il vicecommissario Del Giudice che, dopo un primo momento di diffidenza di fronte a quella ragazza chiaramente dei "centri sociali", avendo visto le credenziali di Radio Popolare rilasciate dalla Petruzzi, raccontò che per il momento non erano emersi elementi particolari e che si indagava nella cerchia delle amicizie dei connazionali di Kaled.

La prima ipotesi sulla quale stavano lavorando era quella di un dissidio tutto all'interno della comunità degli immigrati finito nel sangue. Atti di xenofobia non erano ancora presi in considerazione.

Del Giudice non osò chiedere di Cristina alla giovane.

Quella sera, Alzaia del Naviglio Grande

Dopo la chiesa di San Cristoforo, sul lato destro uscendo dalla città, si snoda ancora un piccolo pezzo di strada transitabile in auto.

Tra le due storiche sedi delle associazioni canottieri milanesi c'è un'azienda che produce caffè, a certi orari la riconosci dall'odore che riempie l'aria.

Un cortile. All'interno un piccolo club nascosto agli occhi dei più.

Quasi un club privato.

È buio pesto, sono passate le ventitré da un pezzo.

L'uomo calvo dal collo massiccio entra nel cortile poco illuminato e si dirige in fondo dove c'è l'ingresso del locale con una scritta rossa all'esterno. Un'insegna che racconta qualcosa di improbabile.

"Azione Audace dancing club".

La porta è di quelle scure, spesse che incutono timore solo a guardarle.

Ma l'uomo conosce l'ambiente, il posto e le persone. Ci si reca spesso quando ha finito di lavorare, soprattutto dopo i turni serali, quelli che terminano alle ventidue.

Suona.

Si apre uno spioncino e occhi inquietanti lo osservano.

Nessuna parola, lo sportello si chiude e la porta viene aperta.

Subito gli arriva addosso il caldo soffocante dell'ambiente interno, il fumo delle sigarette, l'odore di sudore, birra e liquore.

Due donne si muovono avvinghiate a dei pali verticali, sono completamente nude.

Si dimenano in una lap dance dall'alto contenuto erotico, hanno strani tatuaggi sulle braccia e sul fondo schiena: teschi, tentacoli, folgori, simboli.

Il locale è piccolo ma c'è molta gente. Quasi tutti rasati come lui ma non per problemi di calvizie. È una scelta, un segno distintivo di appartenenza.

Si fa largo tra varie figure muscolose e donne troppo truccate.

Si dirige verso il banco e ordina un grande boccale di birra.

Lo manda giù quasi in un colpo.

Un uomo seduto lì vicino con un lampo e una croce uncinata tatuata sul collo batte le mani e torna a ciondolare la testa sul bancone.

L'ambiente è poco luminoso e il fumo crea strane spirali nebbiose che confondono i contorni e le figure dei presenti.

"È già iniziato il concerto?".

"Sta per iniziare. Di là nel capannone", gli indica il barman.

Gli aprono la porta che dà in uno spazio di circa trecento metri quadri, il pavimento in cemento.

Proiettori da officina illuminano con la luce fredda degli ioduri metallici tutto l'ambiente.

La musica è sparata ad altissimo volume ma l'insonorizzazione è pressoché perfetta, nulla o quasi trapela all'esterno ma se anche così fosse ci penserebbero "loro" a far capire che hanno il diritto di fare ciò che vogliono.

Che loro sono uomini, uomini veri e che nessuno può rompergli le palle. Ascoltano la musica come e quando par loro. Se qualcuno prova fastidio "che cambi casa e si trasferisca da un'altra parte".

Questo è il loro territorio. Una volta un tizio del consiglio di quartiere era venuto a far casino, a dire che dovevano finire i concerti a mezzanotte, che c'era troppo rumore ma dopo che gli avevano sfasciato la macchina non si era più fatto vedere.

Anche quelli del consiglio di zona se ne stavano alla larga e i vigili chiudevano un occhio, spesso e volentieri.

Il quartiere temeva quella presenza ma nessuno osava più protestare, l'amministrazione milanese li tollerava forse perché ne condivideva i pensieri...

Teste rasate e lisce come palle di biliardo, ostentazione di muscoli tirati a lucido, sguardi feroci. Un centinaio di giovani si dimenavano e saltavano da una parte all'altra del salone spingendosi e buttandosi uno contro l'altro. Lo stato di alterazione psicofisica era evidente. Una donna con jeans e maglietta nera gli venne incontro: "Ben arrivato Gladio". L'energumeno sorrise e si gettò nella mischia di braccia alzate nel saluto nazista.

Sudati e su di giri, avevano bevuto parecchio.

L'orologio del locale segnava le tre del mattino.

Non c'era più nessuno. Due inservienti, stranieri stranamente, erano intenti a pulire e a rimettere in ordine il locale.

Tavoli vuoti e sedie sopra.

Uno dei due lavava il pavimento lentamente nel silenzio quasi irreale del posto.

***

Tre persone sono sedute in un angolo del locale, sono rimaste sole ma con pieno diritto, perché fanno parte del gruppo che comanda lì dentro.

Uno dei tre fuma e lancia nuvole vaporose verso l'alto seguendole con lo sguardo.

"Mi hanno avvisato che le indagini vanno nella direzione dell'omicidio tra extracomunitari…", dice Gladio con voce alterata dalla troppa birra.

"Tu non hai capito un cazzo! E non capisci un cazzo. Mai! Ti ho già detto che in quel commissariato c'è gente esperta, capace. Non si accontenteranno di indagare solo in quella direzione". Quasi grida la figura più piccola, esile ma dagli occhi cattivi, violenti. "Ci lavorano poliziotti tosti e quel Lorenzi è anche uno democratico. Pensa ancora che la polizia debba difendere i valori, la repubblica, la democrazia… puah!", e sputa per terra.

"Ha ragione Vittoria", interviene Alfa, "quelli sono pericolosi, sono la feccia delle forze dell'ordine. Sono quelli che ci hanno sempre impedito di fare quello che dovevamo fare. Schiacciare ed eliminare le 'zecche', i neri, gli zingari e tutta quella gente di merda".

La piccola donna dagli occhi velenosi osserva con un ghigno i suoi due compari poi porta alle labbra il boccale e manda giù quel che rimane della birra in un colpo solo.

Gladio fischia ammirato.

"Cazzo sei una donna tosta. Mi piaci!" E allunga una mano per toccarle i seni. Lei prende e gli colpisce la mano con il boccale.

L'uomo caccia un urlo che fa alzare la testa allo straniero che sta lavando il pavimento.

Alfa lo guarda e gli dice di farsi i cazzi suoi.

L'uomo abbassa subito lo sguardo, impaurito.

Sa che gente è quella.

Uomini pericolosi, spietati.

Ci mettono un attimo a farti sparire. Vorrebbe cambiare lavoro, scappare da quella situazione, ma non può, è clandestino, dorme lì nello scantinato insieme al suo compagno di sventura. Erano in tre ma uno di loro è scomparso all'improvviso e non se n'è saputo più nulla.

Non escono mai.

I titolari gli hanno portato via anche i documenti e deve ridare un mucchio di soldi a chi gli ha fatto passare quel Mediterraneo oscuro.

La sua famiglia si è indebitata, ricattata dai trafficanti di uomini.

Fin quando non saldi il debito non puoi fare nulla.

Ogni tanto piange in quella specie di letamaio in cui lo costringono a vivere, vorrebbe fuggire ma non ce la farà mai, quelle persone gli hanno rubato anche l'anima, la speranza e la dignità.

"Terranno sotto controllo il commissario e il nucleo investigativo di Lambrate, noi dobbiamo farci trovare sempre pronti", riprende il discorso la donna rivolta ai due compagni.

Annuiscono, poi quello con i baffetti prende Gladio e lo accompagna barcollante fino alla macchina, lo fa salire e lo abbandona lì a dormire disfatto.

Rientra.

Vittoria ha preparato due piste di coca.

Alfa grida agli inservienti di sparire e quelli si dileguano in un attimo.

Tirano con piacere, con soddisfazione. Sono consumatori attenti, mai troppo, sempre il giusto, quello che serve per essere adrenalinici, scattanti, lucidi, soprattutto quando fanno le "azioni".

"Ahhhh", esclama soddisfatto l'uomo.

La donna intanto si è girata e si è appoggiata al tavolo dandogli le spalle, si slaccia i jeans e tira su la maglietta scoprendo il reggiseno.

L'uomo glielo abbassa e le strizza i seni.

Lei si aggrappa al suo braccio. Ora lui le è addosso da dietro, lei lo graffia, lo morde, infilza i denti nella pelle e nella carne fino a farlo sanguinare e lui la sbatte con prepotenza.

In quel tugurio buio si ripete per l'ennesima volta, l'atto di unione brutale non tra un uomo e una donna bensì tra quelle due bestie disumane e assassine.

Milano e la notte

Il commissario Lorenzi si è trattenuto a lungo in ufficio.

Cristina gli manca. Il pensiero di lei è una costante stilettata dolorosa che si infilza a fondo nell'animo del poliziotto.

Non ha avuto la forza né il coraggio di togliere la sua foto dalla scrivania. Cristina, bellissima, sotto un ombrello. Sorride mentre piove, l'acqua le gocciola tutt'intorno, dietro un tram arancione che passa…

Le aveva scattato quella foto a Porta Genova durante una di quelle giornate dove l'intensità della pioggia sembra voler sedare e allentare tutte le tensioni metropolitane. Giornate dove la città non è più tale ma pare far uscire fuori, dai tombini soffocati dall'acqua, la voce di generazioni antiche, quelle dei tempi in cui la città aveva ancora un'anima ora perduta.

Si erano amati molto quel giorno.

È stanco, deve rientrare a casa, ha bisogno di riposare a lungo.

Il mestiere, quel mestiere di poliziotto, quotidianamente stracciato dalle miserie umane, da violenza gratuita spesso incomprensibile, lo mette a dura prova.

Decide di dirigersi fuori Milano.

La tangenziale buia e deserta lo inghiotte.

Sembra che non ci sia in giro nessuno, una città abbandonata.

Esce allo svincolo per la Paullese e si dirige verso San Giuliano là dove Cristina era stata prigioniera, dove lui l'aveva liberata.

È il cuore che lo guida.

Attraversa strade desolate. In lontananza le sagome tristi dei palazzi dei quartieri popolari, qualche finestra illuminata. Poche.

Si ritrova a pensare come ogni finestra, ogni piccolo rettangolo, racchiuda per lo più vite misere, tristi, sentimenti e storie, malattie e dissapori, speranze e delusioni.

Ma, forse, è il cuore di Matteo che batte un battito maligno stasera.

Cristina è una donna orgogliosa, rigida, altera.

Ha un grande cuore ma anche un grande carattere.

È difficile pensare che potrà esser lei a farsi risentire, anche se soffrisse maledettamente, se fosse dilaniata dalla disperazione per la mancanza del suo uomo, non potrebbe mai e poi mai ammetterlo a se stessa in primo luogo.

Le paure e le angosce nel cuore di Cristina sono sempre in agguato.

La sua storia personale fatta di amarezza e disagio pesa, non può permettersi di aprire di nuovo quella porta, lei per prima.

Non può e non vuole più soffrire.

Come stai Matteo?

Matteo Lorenzi, il commissario integerrimo, uno degli investigatori più intelligenti e capaci dell'intera squadra mobile milanese.

L'uomo che non ha paura di nulla.

L'uomo che, grazie a Cristina, ha scoperto sorpreso che non tutto quello che gli avevano fatto credere era vero.

Ha capito che la sua stessa gente è spesso corrotta, che lo stato non è così legalista e rispettoso come gli avevano raccontato.

Che esistono due anime contrapposte nella polizia che combattono una silente guerra fratricida tra loro.

Da una parte, in pochi, gli uomini della giustizia e per la giustizia e dall'altra, la stragrande maggioranza, i corrotti, i falsi, i giuda della democrazia.

Cos'hai stanotte Lorenzi?

La tremenda mancanza della donna che ami sta aprendo la tua anima e la sta mettendo a nudo di fronte ad una realtà che anche tu, spesso, non puoi e non vuoi sentire?

Si sintonizza su Radio Popolare nell'assurda speranza di sentire un servizio giornalistico della sua donna. Le sincopate note di *Black Market* dei Weather Report[1] segnano l'inizio del radiogiornale di mezzanotte e mezza.

Il giornalista di turno legge le notizie della giornata.

C'è anche lei, un servizio sull'assassinio di Kaled.

La giornalista è particolarmente dura con gli investigatori accusati di non aver ancora individuato una traccia certa e di brancolare nel buio mentre la famiglia del giovane panettiere è disperata.

Nella freddezza dei modi di Cristina, Matteo sente anche un'accusa diretta nei suoi confronti.

"Cosa stai facendo Matteo? Stai seguendo la pista sbagliata. È mai possibile che ti accontenti di cercare i motivi dell'omicidio nella banalità di una lite tra extracomunitari? Non ti sei fatto altre domande? Non cerchi altre ragioni? Mi deludi, mi deludi tanto, amore... mi deludi, tanto".

Queste sono le parole che il commissario "sente" nella voce della reporter.

Senza rendersi conto di dove stia andando arriva nella via della piscina comunale di San Giuliano.

Vede delle persone indaffarate a fare qualcosa sul muro di una specie di piccolo capannone, non distingue bene.

Accellera.

Quelli lo hanno sentito, si voltano e vedono avvicinarsi i due occhi luminosi di una autovettura, sentono il motore.

Si staccano dal muro e fuggono veloci.

Salgono su una macchina che parte sgommando a tutta velocità.

Non li insegue, non è abbastanza lucido.

Vede un bagliore di fiamme.

Scende dalla macchina impugnando la pistola e corre in quella direzione.

È una bandiera quella che sta bruciando, una bandiera rossa ormai ridotta a un timido brandello annerito.

Sui muri pieni di graffiti campeggiano delle scritte con spray nero: "L'Italia agli italiani", "Juden", "Morte ai partigiani" una svastica, i simboli di ordine nuovo e altri simboli infami.

Legge alcune *fanzine* attaccate sui muri del capannone, è un piccolo centro sociale.

È tutto chiaro. Si tratta di una intimidazione neofascista.

In quel momento sopraggiunge una pattuglia dei carabinieri, frenano e scendono con le armi in pugno.

"Fermo, alza le mani e non ti muovere! Getta quella pistola" grida uno di loro all'indirizzo di Lorenzi che ubbidisce senza batter ciglio.

Mentre i carabinieri si avvicinano il commissario, quasi senza rendersene conto, sta inserendo un nuovo tassello nelle indagini.

Investigazioni parte prima

Dopo essere stato rilasciato con mille scuse dai carabinieri di San Giuliano Milanese il commissario Lorenzì rientrò a casa.

Non riuscì a chiudere occhio tutta notte.

C'era qualcosa, un pensiero che gli sibilava continuamente nel cervello, come una folata di vento di tempesta gli tappava le orecchie e non riusciva a fargli comprendere né il significato né le parole che gli venivano sussurrate.

Verso le cinque e mezza del mattino decise di prendere la macchina e andare in ufficio a studiare gli incartamenti.

La giornata si presentava strana, uggiosa, cattiva.

Il vento forte non vagava solamente tra i suoi pensieri ma era concreto, reale.

Accompagnato da scrosci d'acqua improvvisa faceva vibrare i lampioni che tentavano di resistere alla furia degli elementi.

L'edicolante dagli occhi gonfi di stanchezza lo salutò e gli porse le copie dei giornali.

Matteo non tralasciava mai la lettura di alcuni quotidiani sia per dovere professionale ma anche per avere una visione più distaccata degli accadimenti di quella classica e monodirezionale del poliziotto di mestiere.

La vena democratica, insita nel cuore del commissario, era stata effettivamente risvegliata dalla forte personalità della giornalista di Radio Popolare di cui era innamorato e che gli aveva aperto la mente all'ascolto, riducendogli il pregiudizio.

Questa "deriva" era stata notata dai superiori e il questore in persona, discretamente, aveva dato ordine di sorvegliare con più attenzione gli strani comportamenti del miglior poliziotto di tutta Milano.

Lorenzi non aveva ancora notato di essere sotto controllo.

Una volta alla scrivania, dopo un'abbondante colazione al bar all'angolo di via Beruto, iniziò a studiare la pratica relativa all'assassinio del panettiere arabo. Gli elementi raccolti erano davvero pochi e insignificanti.

Dal suo punto di vista il caso si preannunciava molto complesso.

Archiviabile in pochi giorni se si fosse seguita l'impazienza e la superficialità dei suoi superiori e del magistrato preoccupati solo delle reazioni dell'opinione pubblica e della stampa.

Quell'extracomunitario non contava nulla per loro.

Le folate di vento nel cervello continuavano a non far posare i pensieri e assestare i ragionamenti di Matteo.

Alle otto arrivò il suo amico di sempre, il vicecommissario Del Giudice che lo trovò addormentato come un bambino con il volto appoggiato sulle mani.

Lo svegliò con quella delicatezza che solo gli amici veri possono avere.

"Matteo, Matteo", lo scrollò, "svegliati".

Lorenzi aprì gli occhi, confuso e stordito, si passò più volte le mani sul viso.

Pochi minuti dopo era il poliziotto di sempre.

Enrico si era seduto davanti alla scrivania quando il piccolo e corpulento agente Parris portò loro il caffè.

"Ecco una bel caffè buonno buonno per il commissarrio".

La tempesta d'acqua primaverile e i rombi temporaleschi facevano tremare i vetri della stanza.

"Questa notte ho riflettuto parecchio sull'assassinio del panettiere e stamattina sono giunto alla conclusione che c'è qualcosa che non quadra in tutta questa vicenda".

Del Giudice lo seguiva con attenzione.

"Un uomo con una storia come la sua, fatta di sacrifici, di difficoltà, incensurato, senza alcun precedente, rapporti bancari che dimostrano l'estrema puntualità nel pagamento dei debiti. I libri contabili dove annotava perfino gli scontrini fiscali da 10 centesimi. La storia d'amore con la moglie, la sua presenza come padre e il sacrificio lavorativo come uomo. Nessuna appartenenza politica, nessuna frequentazione con personaggi e ambienti estremisti islamici. Nulla. Nella storia di questo migrante non c'è nulla che non funzioni, è tutto a posto, troppo a posto" disse osservando fisso negli occhi il collega "troppo... è troppo perfetto quest'uomo. Per quanto io mi sforzi c'è qualcosa che mi dice che non si tratta di una fatalità".

"Quali elementi hai per dire una cosa del genere, Matteo?".

Lorenzi sorrise: "Nessuno. È proprio questo il punto. Non ho nessun elemento per immaginare qualcosa di differente a quello che emerge fin ora. E questa mancanza di movente non mi convince".

Il vicecommissario strinse gli occhi concentrandosi e inseguendo un pensiero improvviso: "Quindi non credi all'ipotesi di una lite o di una rapina...".

"No. Personalmente non ne sono convinto ma mi pronuncerò meglio dopo aver letto il referto del medico legale. Anzi, prova a chiamare Nelli e senti se ci sono novità. Se può riceverci andiamo da lui all'Istituto, oggi stesso".

Del Giudice si alzò e uscì annuendo.

Il commissario rimasto solo aprì il computer e digitò alcune parole per una ricerca su Google. Non amava molto utilizzare i sistemi elettronici ma si era reso conto che in alcuni casi potevano rivelarsi davvero utili.

Comparvero molte notizie, oltre 10.000 riferimenti.

Tanti, troppi.

Sospirò e iniziò ad aprire il primo file.

Dopo un'ora di consultazione non aveva trovato nulla di interessante da poter collegare al caso. Stava per spegnere il pc quando fu attirato dal titolo di una delle notizie che non aveva ancora verificato: "Inspiegabile omicidio al Giambellino. Un extracomunitario privo di documenti trovato morto in fondo alla via Tolstoj vicino alla ferrovia. Il magistrato...".

La notizia era di pochi mesi prima.

Lesse con attenzione prendendo appunti sulla sua solita agenda.

Aprì altri file per cercare ulteriori informazioni.

Piano piano si aprì uno scenario nuovo che non era ancora stato preso in considerazione da nessuno del nucleo investigativo.

Squillò il telefono. Era il vicecommissario.

"Matteo, il Dottor Nelli è disponibile ad incontrarci però ci chiede di andare da lui subito. Dopo deve andare via".

Dieci minuti dopo varcavano la porta d'ingresso dell'Istituto di Medicina Legale di piazzale Gorini.

Con Nelli si conoscevano da più di dieci anni.

Era stato sempre un buon medico, al servizio della medicina legale, aveva visto molti delitti e persone assassinate nei modi più brutali, senza mai perdere la calma.

Era un professionista serio. Competente.

Al commissariato sapevano che avrebbe fornito un rapporto approfondito sulle condizioni del cadavere.

Entrarono nell'ufficio freddo, quasi abbandonato e mal arredato, del medico legale.

Le pareti erano dipinte, per circa un metro da terra, con un color verde chiaro che pareva smalto, a buccia d'arancio, le luci al neon avevano alcune lampade bruciate. L'ambiente emanava un vago senso di freddezza e tristezza.

C'erano alcuni armadi con le vetrine piene di accessori per le analisi e un attaccapanni con due camici che avevano dimenticato il candore d'un tempo.

Si respirava un senso di abbandono generale.

Il solito tavolo di formica e il computer perennemente spento sonnecchiavano in un angolo.

Nonostante l'Istituto di Medicina Legale di piazzale Gorini fosse un luogo tristemente frequentato dai poliziotti del loro reparto, il vicecommissario non si era mai abituato al gelo dell'anima che si respirava in quelle stanze.

Nelli condusse i due investigatori nella sala obitorio e mostrò il cadavere dell'egiziano.

Il volto ricomposto, nonostante il colore scuro delle emorragie, era sereno, pareva dormisse.

"Cosa ci puoi dire?", chiese il commissario.

Nelli, con il sigaro spento all'angolo della bocca, indossò i guanti di lattice e scoprì completamente il cadavere: "La morte è stata causata da un insieme di fattori. Quello più importante si riferisce, ecco osservate", disse indicando il torace, "ad una frattura scomposta dello sterno e a due costole che si sono rotte. Hanno perforato i polmoni, una ha colpito il cuore. Ci sono numerose escoriazioni diffuse su tutto il corpo, alcune dovute alla caduta ma la maggior parte sono per i colpi che gli hanno inferto. Colpi violenti, accaniti, rabbiosi".

"È stato utilizzato qualche oggetto tagliente? Un bastone, un coltello...", chiese Enrico.

"È tutto molto strano", rispose Nelli. "Non è stato utilizzato alcun oggetto contundente né tanto meno un coltello. Volete il mio parere? Quest'uomo è stato ucciso a botte. Lo hanno picchiato con una violenza inaudita ma con precisione. Si tratta di un lavoro da professionisti, qualcuno che sapeva esattamente dove colpire".

Lorenzi osservava il corpo mentre il medico proseguiva nelle osservazioni.

"Tracce di sangue appartenenti ad altri individui?", chiese.

"Nulla, un lavoro pulito, chirurgico".

Il commissario esaminò prima il volto e poi il torace di Kaled.

"Il fegato e la milza sono praticamente spappolati, non avrebbe mai potuto sopravvivere nemmeno se fossimo intervenuti immediatamente. Hanno colpito per uccidere e non per dargli una semplice lezione".

"Quindi è intenzionale...", intervenne Del Giudice.

"Sì".

Lorenzi fu attirato da un piccolo particolare che intravedeva sul corpo vicino ai segni profondi dei colpi ricevuti dalla vittima. Alcuni piccoli segni comparivano all'esterno di una piccola impronta ovale presente nelle zone più scure. "E questi segni cosa rappresentano?" chiese a Nelli.

"Ecco, sarei arrivato anche a questo. Non ho una spiegazione chiara per quei segni, commissario. Potrebbe essere l'impronta di qualcosa di rigido perché si ripete più volte dove si distinguono i colpi più profondi, quelli mortali. Non è l'impronta di una mano ma nemmeno di un oggetto. La polizia scientifica dovrà studiare a fondo le immagini".

"Un tirapugni?" chiese il vicecommissario.

Nelli si voltò verso Del Giudice e lo guardò negli occhi: "Potrebbe essere ma non ne sono convinto, il tirapugni si infila su tutte e quattro le dita mentre questa impronta è sempre unica, sola".

"E se fosse un anello?", intervenne Lorenzi indicando un punto dove la sagoma era più chiara e i fori ben delineati.

"Aspettiamo le conclusioni della Scientifica. Non sono in grado di pronunciarmi". Nelli coprì il cadavere e si diresse verso il suo ufficio togliendosi il camice. Tese la mano a Lorenzi: "Ora, se mi scusate commissario... devo andare. In giornata le farò recapitare il rapporto completo. Comunque chi l'ha colpito è sicuramente dotato di una forza fuori dal comune".

Usciti dall'Istituto di Medicina Legale il commissario disse a Del Giudice di precederlo al commissariato e di organizzare una riunione del nucleo di lì a un'ora. Lui sarebbe rientrato a piedi, voleva riflettere da solo camminando per le vie del quartiere.

Superò l'ingresso dell'Istituto dei Tumori di via Veneziani con il suo traffico di disgrazia, morte e speranza rappresentato dal viavai delle persone. Arrivato in fondo attraversò la strada e di diresse verso il commissariato fiancheggiando la cascina e ripercorrendo la strada che aveva seguito Kaled andando incontro al suo assassino.

Camminava lentamente, osservava i marciapiedi e la strada, i tombini, alla ricerca di un qualsiasi indizio, qualsiasi particolare, soprattutto lasciava andare liberi i propri pensieri che ogni tanto si fermavano bruscamente sul ricordo di Cristina provocandogli una grande fitta al cuore.

Quando entrò al commissariato gli agenti del nucleo lo stavano già aspettando nella sala riunioni.

Respiro corto

Gli accarezzava la testa, con un panno inumidito gli rinfrescava la fronte bruciata dalla febbre.

Il respiro era corto, affannato.

In quel momento era in uno stato di semi incoscienza.

"Povero amore mio".

Gli parlava con dolcezza, con amore profondo.

"Quante ne abbiamo passate, quante ne hai passate tu… la nostra vita, il nostro amore… la nostra bambina".

Valerio sembrava non ascoltarla ma a lei questo non importava. Sapeva che da qualche parte, in un piccolo e remoto punto disperso della mente il suo uomo, il suo partigiano, poteva sentirla.

"Nonostante il disastro, la paura e il dolore ricordo ancora la felicità immensa che ho provato quando ti ho rivisto, da lontano, tra le rovine di questa città. Era tutto così buio, triste, ma tu rappresentavi per me la luce, il futuro, una possibilità. Gli stenti del campo di concentramento li dimenticai in un attimo… amore, amore mio".

Lui tossì ferocemente, lei lo aiutò a piegarsi di lato per fargli espellere il catarro che lo soffocava.

Era bello il suo Valerio.

Ma voi credete davvero che i segni del tempo e il decadimento delle carni possano spegnere la vita e la luce del cuore e degli occhi?

Il palpitare dell'anima?

No, i sentimenti puri e profondi, le unioni magiche non conoscono il confine e la barriera dell'età e della vecchiaia.

Tina non aveva più letto nulla su quello che aveva visto quella notte in via Valvassori Peroni.

Sapeva che era suo obbligo andare a raccontare tutto alla polizia ma non l'avrebbe fatto fin quando la malattia del suo uomo non si fosse conclusa.

Non avrebbe perso nemmeno un istante di quel poco della linfa vitale che ancora percorreva il corpo stanco del marito, voleva respirare l'afflato della sua anima in via d'abbandono fino all'ultimo sospiro, quello forte, rauco, quello della morte, del saluto definitivo alle fatiche terrene.

Non era egoismo il suo.

Era una scelta precisa e consapevole.

"Non ti lascerò solo nemmeno un istante, tua per sempre", così gli sussurrò in un orecchio quando vide che, finalmente, il sonno aveva coperto i dolori e la fatica del rimanere aggrappato alla vita.

Il cane lo aveva affidato alla figlia, non poteva occuparsene durante gli ultimi istanti.

Il medico era stato gentile, l'aveva ascoltata e aveva rinviato ancora una volta la somministrazione della morfina ma Tina sapeva che avrebbe dovuto fargliela iniettare di lì a poco per placare i violenti dolori che lo squassavano ripetutamente.

Era conscia che quando si inizia la morfina la morte è pronta a presentarsi sull'uscio dell'esistenza a rivendicare il proprio diritto.

Quando Valerio si fu appisolato e i lineamenti del volto assunsero un aspetto più sereno lei gli raccontò nuovamente della sua vita di staffetta partigiana prima dell'arresto.

In quella piccola e modesta stanza, in quella umile ma dignitosa casa di Lambrate l'amore, quello vero, trionfava anche sulla morte e spandeva nel quartiere il suo influsso magico e duraturo.

Pianto e dolore, considerazioni

Quella sera tutta la comunità araba si era data appuntamento sotto casa di Layla. Il portone era tenuto aperto così come la porta di casa.

Un viavai continuo di gente, molte le famiglie e molti i bambini.

Il locale ad angolo aveva organizzato una sorta di rinfresco gratuito solidale per tutte le persone che si recavano in visita alla famiglia di Kaled. Molti stazionavano a lungo sul marciapiede. Le opinioni e i commenti di dolore e sorpresa per l'assassinio del panettiere si susseguivano di bocca in bocca.

Tante le donne col viso stretto in veli multicolori che uscivano piangendo dallo stabile.

Anche la Lambrate solidale, antifascista e democratica si era radunata sotto casa.

La tristezza copriva e opprimeva i pensieri di tutti i presenti.

"Ma dove andremo a finire?".

"Non se ne può più, ci sono troppi razzisti".

"Povero Kaled morire così dopo tutti quei sacrifici per farcela!".

"Avete visto i bambini? Non una lacrima".

La multirazzialità milanese dava una risposta ferma e decisa di condanna all'omicidio e chiedeva ad alta voce che fosse fatta giustizia, che si trovassero i colpevoli… troppe volte la morte degli stranieri finiva nel dimenticatoio occidentale o veniva strumentalizzata dai nuovi somari della razza padana.

Nelle vicinanze della casa di Layla si erano radunati alcuni razzisti per protestare ma erano scappati via quando avevano visto muovere verso di loro molti degli stranieri presenti al presidio.

Cristina accompagnata dalla sua nuova assistente circolava rivolgendo domande, registrando e prendendo appunti.

Nessuno fu scontroso, nessuno rispose contrariato, la dignità che veniva mostrata dalla comunità araba fu un buon viatico alla tristezza inchiodata nel cuore della giornalista.

Il rappresentante della comunità, che conosceva bene i giornalisti di Radio Popolare, le si avvicinò.

"Salve Cristina, mi dispiace incontrarla in un momento così doloroso ma sono, siamo, contenti di vederla qui con noi. La vostra presenza è importante. Non dobbiamo far cadere nel vuoto anche questo omicidio razzista. Dovete parlarne, non ne possiamo più di essere continuamente sottoposti a violenze e aggressioni. Lo dica, lo dica alla radio".

La giornalista strinse con calore la mano all'Imam della comunità.

Un bel signore sulla sessantina, dal colorito abbronzato e due baffoni bianchi perfettamente incastrati in un sorriso onesto.

"Perché dice razzista? La polizia segue la pista di un'aggressione scaturita tutta all'interno dei vostri ambienti".

"La polizia non ha interesse a difenderci. Sono molto cattivi e arroganti con noi. Dovrebbe venire a vedere come veniamo trattati quando andiamo a rinnovare o chiedere i permessi di soggiorno o qualsiasi altra pratica per noi necessaria. Gli italiani sono anche brava gente, ma la maggioranza è razzista e ha una incomprensibile paura verso di noi. Eppure siete stati anche voi migranti… ma siete un popolo che dimentica in fretta, non avete memoria".

Cristina Petruzzi condivideva le affermazioni dell'uomo.

Era vero, tutto vero purtroppo.

Lo invitò ad entrare nel locale ad angolo e si accomodarono ad un tavolo rialzato, il barista storico servì loro da bere.

Voleva raccogliere il parere confidenziale dell'uomo e i pensieri della comunità.

"Avete dei sospetti?".

"La nostra comunità non c'entra nulla. Non è un fatto che viene da noi".

"Dimmi, raccontami".

"Ti sei chiesta, conoscendo l'integrità morale e l'onestà di Kaled Shimaiwa, come possa mai essere possibile che sia stato ucciso in quel modo? Era un uomo mite, non avrebbe mai fatto del male a nessuno.

Detto questo l'unica spiegazione possibile, secondo la polizia, è che si tratti di una rapina finita in tragedia".

"È vero, questo è quello che sostiene il magistrato nelle indagini in corso", disse pensierosa la giornalista.

"Allora io ti faccio una domanda. Tu sei una donna intelligente, una giornalista esperta e impegnata, hai indagato molto spesso nei fatti tra stranieri. Se si fosse trattato di una rapina Kaled sarebbe stato affrontato da qualcuno armato, di un coltello, una pistola. Ma non ci sono tracce di ferite questo me lo hanno confermato al commissariato oggi. Noi ci siamo presentati come parte civile. Ad una rapina armata Kaled non avrebbe mai reagito, avrebbe avuto paura, non avrebbe mai rischiato di farsi ammazzare, amava troppo sua moglie e i suoi figli, non avrebbe corso alcun rischio. Avrebbe consegnato tutto quello che aveva pur di tornare a casa. Se avesse reagito si sarebbero dovute trovare tracce di colluttazione sulle mani invece non c'è nulla. È assolutamente pulito, nessun graffio, nessuna abrasione da reazione".

Cristina ascoltava con attenzione le considerazioni dell'Imam. Entrò Marta, la giovane assistente. Le fece cenno di raggiungerli e le presentò il capo della comunità.

"Vieni Marta, siediti qui e ascolta anche tu con attenzione".

Le fece un veloce riassunto delle cose dette fino a quel momento.

"A questo punto", proseguì l'uomo, "se non è stato aggredito da individui armati e non ha reagito perché è stato massacrato di botte? Prova a rispondermi".

"Forse un dissenso, un rancore da parte di qualcuno?".

"Escluso in partenza. Te lo dicevo prima. Kaled non aveva nemici né dissidi di alcun tipo. Te lo dico io il motivo. Kaled è stato aggredito da dei razzisti. C'è qualcuno che va in giro solo per questo. La polizia non mi ha ascoltato ma tu, voi della radio, potete fare molto. Dovete dire che l'ipotesi della rapina è inverosimile. Dovete dire che bisogna indagare in tutte le direzioni, soprattutto verso gli ambienti di quei pazzi che ce l'hanno con noi, con gli extracomunitari. Ascoltami. Aiutiamo la famiglia di Kaled ad avere giustizia, a scoprire la verità, ci sono quattro bambini senza un padre".

Poco dopo l'uomo salutò le due donne e tornò fuori tra i suoi connazionali.

"Che ne pensi?" chiese Cristina a Marta.

"Che ha ragione, ha perfettamente ragione. C'è troppa gente di merda che ce l'ha con gli stranieri e con la crisi stanno dando tutti fuori di testa. E poi in questa zona girano anche molti nazi, è sufficiente andare da quelli del centro sociale Lambretta e ti raccontano tutto".

"Direi che dobbiamo approfondire la cosa. Facciamo in questo modo, tu organizzati e vai a sentire i ragazzi del Lambretta, io raccolgo tutte le notizie di aggressioni ad extracomunitari negli ultimi mesi e poi ci mettiamo ad analizzare le informazioni. Sei d'accordo?".

Marta sorrise, si alzò, diede una bel bacio schioccante sulle guance di Cristina e si fiondò fuori.

La giornalista pensò che sarebbe dovuta andare ad intervistare il commissario e questa cosa la spezzò.

Il commissario e il nucleo investigativo

La riunione iniziò puntuale.

Erano presenti il vicecommissario Del Giudice, gli agenti del nucleo storico Giovanna Esposti e Lori, il giovane Gianni Rocchi, esperto di informatica, che era stato assegnato al commissariato di Lambrate nell'autunno del 2006 e una nuova agente.

"Buon giorno a tutti", esordì Lorenzi, "oggi affronteremo in modo approfondito il caso di Kaled Shimaiwa ma, prima di iniziare, chiederò a Del Giudice di presentarci la nuova collega".

Si sedette facendo cenno al vicecommissario che poteva intervenire.

"Molti di voi conoscono l'agente Monica Segamo. Come sapete fa parte di una pattuglia di rinforzo che ci è stata da poco assegnata a causa della carenza di personale. È intervenuta, insieme ad altri colleghi, sul luogo del crimine che stiamo analizzando. Viene a far parte del nostro nucleo investigativo in ausilio alle indagini e come testimone dei fatti accaduti. Lei e i suoi colleghi fanno parte del commissariato Lorenteggio-Giambellino e torneranno nella loro sede non appena sarà riformato completamente il nostro organico. Agente Segamo se vuole dire qualcosa".

La donna si alzò in piedi. Non era molto alta e piuttosto magra.

"Cari colleghi, commissario", rivolgendosi a Lorenzi, "per prima cosa desidero ringraziarvi per avermi concesso di partecipare alle indagini riferite a questo brutto episodio di violenza tra stranieri. Mi sono permessa di avanzare la mia candidatura al vicecommissario perché, seppur arrivata sul luogo dopo che il fatto era stato commesso, ho ritenuto che la mia testimonianza possa esservi utile. Chiaramente non appena sarò richiamata alla mia sede di appartenenza lascerò questo team ma vi dico fin d'ora che potrete fare conto su me e i miei colleghi in qualsiasi momento per portare a soluzione questo caso, anche una volta che sarò tornata in Lorenteggio. Nella mia zona si sono verificati episodi di risse e accoltellamenti tra individui extracomunitari, spesso clandestini, e abbiamo acquisito una discreta esperienza investigativa in questo settore, che mettiamo… anzi… che metto a vostra disposizione".

Giovanna Esposti ascoltava con scetticismo l'esposizione della collega, la trovava fredda, formale, distante dalla familiare modalità in uso nel loro gruppo di lavoro. Non le era piaciuta fin dall'inizio.

Quello stare poi in piedi sull'attenti davanti a Lorenzi la rendeva antipatica.

"Grazie, grazie Monica", intervenne il commissario, "il suo contributo sarà sicuramente prezioso. Le chiederò più tardi di esporci la sua valutazione".

Matteo si alzò e si andò a posizionare vicino alla grande finestra che dava su via Clericetti. Incrociò le braccia ed espose il suo pensiero.

"Per prima cosa voglio dirvi che ho letto con attenzione i vostri rapporti. Dato che non ero a Milano non ho potuto farmi un'opinione personale e ho seguito il filo logico delle indagini che avete aperto. Il magistrato, questa mattina, mi ha assicurato che ci lascerà una certa autonomia nella gestione e che, nonostante stia ricevendo forti sollecitazioni per chiudere l'inchiesta a causa dell'esposizione mediatica del caso e delle forti tensioni nella comunità araba milanese, ci concede, per ora, una settimana di tempo. Farà lui da filtro con la stampa e con il questore", osservò i presenti e notò con piacere che erano attenti.

Il nucleo aveva ritrovato il capo, il poliziotto acuto, sensibile, esperto, dotato di un intuito superiore a qualsiasi altro investigatore dell'area milanese. Molto amato dai suoi collaboratori e giudicato pericoloso da parte dei vertici della polizia per quella sua vena troppo democratica e per quella sua relazione con la giornalista di Radio Popolare…

"Avete valutato in via principale l'ipotesi che il delitto sia maturato all'interno della comunità degli extracomunitari per dissidi o rapina. Gli elementi emersi dal sopralluogo sulla scena sono pochi e di scarsa importanza. Ho letto con attenzione il rapporto di Giovanna sulla vita e sulla storia del Shimaiwa ed emerge un quadro di un uomo a posto, onesto, senza grilli per la testa, corretto, lavoratore. Tutti sappiamo che dietro ad ogni persona ci può essere un lato sconosciuto, impensabile ma non credo sia questo il caso, non è emerso alcun indizio che possa coinvolgere l'uomo in liti, dissensi, rancori. Avete concentrato molto le vostre attività seguendo la pista della rapina o della vendetta ma tutte e due sono deboli. In caso di rapina, quell'uomo, non avrebbe mai reagito rischiando di mettere a repentaglio la propria vita per amore della sua famiglia. Questo è quello che penso. Credo che dovremmo fare tutti uno sforzo, un grande sforzo per indagare anche in altre direzioni, per esempio quella di un'aggressione per motivi razziali, xenofobi o casi del genere. Non dico che sia questa l'ipotesi ma pretendo che tutti voi approfondiate le indagini in tutte le direzioni, nessuna esclusa".

Ognuno portò il proprio contributo esprimendo valutazioni sulle parole del commissario, sostanzialmente furono tutti d'accordo che il lavoro svolto era stato troppo superficiale e frettoloso.

Il vicecommissario si scusò, mortificato, con Matteo.

Lorenzi distribuì gli incarichi. Alla Segamo venne affidato il compito di analizzare con maggior attenzione i rapporti della Scientifica e del medico legale e di stendere un nuovo rapporto. La donna salutò i colleghi e uscì.

Gli altri si alzarono, raccolsero il materiale e fecero per uscire.

Lorenzì li richiamò: "Aspettate un attimo, devo dirvi ancora due cose".

"Ma l'agente Segamo è uscita", intervenne Lori.

"Non importa, poi l'aggiorno io", rispose Matteo. "Ascoltatemi con attenzione. Rocchi, tu ti occuperai di studiare tutti i casi di omicidio, rissa, aggressione che hanno coinvolto stranieri e che si sono verificati nell'ultimo anno nell'area milanese. Ieri ho iniziato ad analizzarli io in internet con quella diavoleria lì", e indicò il computer sulla sua scrivania, "e ho trovato moltissime notizie. Al Giambellino, per esempio, è stato ritrovato il corpo di un extracomunitario alcuni mesi fa. Devi raccogliere tutta la documentazione sui casi anomali e provare a cercare dei collegamenti. Entro tre giorni voglio un rapporto il più dettagliato possibile. Enrico ti fornirà tutte le autorizzazioni necessarie per accedere ai file. Enrico tu e Lori farete il giro di tutti gli abitanti dei palazzi qui intorno tra la Cascina Rossa, via Valvassori Peroni, via Clericetti e via Buschi. Dovete ascoltare tutti indistintamente. È impossibile che nessuno abbia visto o sentito nulla. Dovete andare casa per casa, interrogarli, prendete nota anche dei particolari più insignificanti, voglio un quadro dettagliato di quella sera".

"Va bene Matteo, ci mettiamo subito al lavoro", rispose il vicecommissario.

"Tu invece", disse rivolto a Giovanna, "mi affiancherai perché voglio andare a parlare con la moglie di Kaled e credo che la presenza di una donna possa metterla più a suo agio. Dobbiamo fare in modo che anche lei frughi nella memoria alla ricerca di qualcosa che possa esser sfuggito, quell'elemento insignificante che spesso rappresenta la chiave di volta di un'intera indagine".

"Certo capo", disse Giovanna sorridendo.

Mentre la donna usciva, il commissario si scoprì intento ad osservarle le natiche fasciate nell'aderente divisa da poliziotta della Volante.

Scrollò la testa per scacciare quel pensiero impuro che gli era comparso per la seconda volta in pochi giorni ma lo sguardò rimase incollato su quel punto del corpo della bella bionda fino alla chiusura della porta.

Il giorno dopo

La panetteria di Layla era affollata.

Tra gli amici che erano passati a trovarla, i soliti clienti, a cui si erano aggiunti quelli che vi si recavano un po' per curiosità e un po' per esprimere solidarietà alla donna e alla sua famiglia, e decine di studenti universitari quasi non si riusciva a entrare.

Nell'immenso dolore che opprimeva l'animo della donna c'era almeno quest'aspetto positivo.

Il lavoro era aumentato molto e questo, per il momento, la metteva al sicuro dal rischio di non riuscire a pagare la rata del mutuo.

La vicinanza e l'appoggio della comunità erano palpabili, l'Imam aveva convinto Sailinì, il giovane amico del cuore di Kaled, a farsi carico di preparare il pane e controllare il forno.

In questo modo la donna riusciva a tenere sotto controllo i ragazzi e soprattutto non era costretta a stancarsi troppo vista la gravidanza agli sgoccioli.

Le gambe però le si erano gonfiate parecchio a causa delle troppe ore in piedi dietro al banco.

Per fortuna alcune amiche si erano attivate e l'aiutavano con regolarità sia in negozio che a casa.

Il piccolo scalciava forte contro le pareti uterine e ogni tanto le toglieva il fiato.

Lorenzi e la Esposti parcheggiarono l'auto di servizio vicino alla ferrovia ed entrarono nel negozio. Layla riconobbe Giovanna e le sorrise.

"Signora Shimaiwa abbiamo bisogno di parlarle".

La donna rispose con un cenno affermativo, servì un cliente, si pulì le mani sul grembiule colorato e li invitò a seguirla nel retro.

"Buon giorno Layla, le presento il commissario Lorenzi".

La giovane notò che il poliziotto era un bell'uomo e che aveva gli occhi limpidi. Questa cosa la rassicurò.

"Piacere, commissario...", disse stringendole la mano.

"Lorenzi...", disse la donna sorridendo, "lo ha già detto la sua collega".

Il sorriso era splendido, quasi abbagliante, nemmeno un dente fuori posto.

"Come posso aiutarvi? Vi ho già detto tutto quello che so".

"Mi deve perdonare, signora, ma dovrà ripetermi tutto dall'inizio e dovrà rispondere ad altre domande che le farò. È molto importante per cercare di capire chi può aver ucciso suo marito".

Layla gonfiò le labbra annuendo e si mise seduta.

Dopo dieci minuti aveva raccontato, per l'ennesima volta, le stesse cose, con le stesse parole, con le stesse impressioni.

Però quel commissario di polizia le piaceva, non era rigido come tutti quei mammalucchi in divisa che l'avevano interrogata nei giorni precedenti.

"Che buon profumo...", riflettè ad alta voce Matteo.

Layla gridò qualcosa in arabo e poco dopo comparve una ragazza che porse delle focacce ancora calde ai due investigatori.

"La ringrazio", rispose sorpreso il commissario, "ma siamo in servizio e purtroppo non possiamo accettare".

"Mangia", rispose la donna, "mangia, mangia... sono appena sfornate non senti il profumo? In questi giorni ho capito il senso delle parole del mio Kaled che mi parlava del pane come se parlasse di una donna. Devo confessarvi che in alcuni momenti mi sono anche sentita gelosa delle sue parole ma da quando ho preso in mano il negozio e vedo la trasformazione della farina e dell'acqua in pane e poi ne sento il profumo ho davvero capito come avesse ragione. È un vero miracolo. Mangiate, mangiate, non abbiate paura".

"Effettivamente questa focaccia ha un odorino...", disse la collega del commissario.

"Esposti! Non si vergogna siamo in servizio! Devo spiegarle nuovamente il nostro codice comportamentale?" disse serio Matteo.

La Esposti sgranò gli occhi in segno di sorpresa.

Poi Lorenzi rise di gusto osservando la collega rimasta a bocca aperta.

"Mangia, mangia, stavo scherzando. A queste focacce non possiamo resistere. Divoriamole. Signora Shimaiwa è tutta colpa sua!".

Finita la merenda fuori programma Matteo riprese a porre domande alla giovane egiziana.

Voleva portarla a riflettere con molta attenzione, a cercare dentro di sé qualcosa che poteva esserle sfuggito, qualche particolare, una preoccupazione intravista negli occhi del marito, un episodio all'apparenza insignificante. Qualsiasi cosa che fosse accaduto di diverso dal solito.

Per quanto si sforzasse a Layla non venne in mente nulla. I due poliziotti si congedarono. "Ascolti Layla. È tutto molto importante, estremamente importante. In questi giorni provi a riflettere ancora, a ricordare, a pensare e qualsiasi cosa le viene in mente non esiti a contattarci".

Mentre usciva Matteo si trovò davanti Cristina.

Si ritrovarono uno di fronte l'altra, senza parole, guardandosi dritti negli occhi, imbarazzati.

Alla Esposti parve di sentire distintamente il battito accelerato dei loro cuori e scivolò fuori discretamente.

Lorenzi non provò alcun rancore. Scomparso. A Cristina tremavano le gambe e riuscì solo a balbettare sorpresa: "Ciao Matteo".

Quel saluto fu come nettare direttamente versato nel cuore del commissario che iniziò a tremare anch'egli riuscendo a non farlo notare alla giornalista.

"Ciao Petruzzi".

"Ma perché l'ho chiamata così, imbecille che non sono altro", pensò.

I due ostacolavano il movimento dei clienti ma non se ne resero conto.

Difficile spiegare il senso di vertigine che entrambi provarono in quel momento. Per Cristina fu così forte che le cadde l'agenda per terra.

Si chinarono contemporaneamente per raccoglierla e si sfiorarono a pochi centimetri di distanza l'uno dall'altra. Matteo sentì il calore della donna e inspirò il suo odore, quel profumo che era entrato così prepotentemente nella sua vita e nella sua anima. Erano buffi in quella posizione.

Matteo si rialzò e porse l'agenda alla donna, il cuore gli era salito in gola e lo soffocava. La Esposti li osservava intenerita.

"Ci vediamo" fu l'unica cosa che Matteo riuscì a dire e sgattaiolò via.

Cristina si rialzò e dovette appoggiarsi al bancone.

Layla che aveva seguito tutta la scena, le si avvicinò e la guardò. Vide che era piuttosto sconvolta, le accarezzò il viso e le disse: "Tu ami quell'uomo?".

"Sì, da morire", rispose la giornalista con un filo di voce.

Lorenzi diede le chiavi della macchina alla collega e si accomodò al posto del passeggero. Le mani gli tremavano a tal punto che non riusciva a tenerle ferme. Giovanna lo notò e mise in moto.

"Ah, l'amour… l'amour", disse scherzando.

"Esposti, sei licenziata" rispose serio Lorenzi.

"Sì, come no!", disse lei. Il rombo del motore le coprì la risata.

La musica di *House With No Door* dei Van Der Graaf Generator[2] esplose improvvisamente nella mente del commissario.

Non seppe mai spiegarsene il motivo… Ma noi sì.

Pedinato

Scesero dall'auto ed entrarono nel locale.

La barista li salutò sorridente.

"Buon giorno, qual buon vento? Come va?" chiese loro.

"Bene, bene, Romina, e lei?" rispose la donna.

"Non mi lamento, la crisi si sente eccome ma rispetto a molti altri…".

La tipa annuì.

"Ci porti due toast per favore e dell'acqua?".

Romina fece un cenno affermativo: "Non c'è il vostro amico oggi?".

"No. È impegnato altrove", rispose l'uomo con i baffetti fini.

Si misero a sedere al tavolo più lontano e appartato.

"Ho parlato con il capo, è preoccupato", esordì lei.

"Per l'intervento del commissario nelle indagini?".

"Quello al momento non lo preoccupa più di tanto, è stato messo sotto controllo da più parti… no, quello che lo preoccupa è Gladio. Non è affidabile come una volta, non rappresenta più una certezza per la nostra organizzazione. Ha commesso diversi errori e ultimamente beve molto, sai cosa vuol dire questo, vero?".

"Vuol dire che non possiamo permetterci di rischiare nulla", rispose serio Alfa.

"Hai già capito. Ci faranno sapere come e quando si agirà. Non è ammessa alcuna sbavatura, il progetto non può fallire per colpa di uno stupido. Ammetto che mi sono sbagliata. Quando l'ho presentato e fatto entrare nell'organizzazione mi sono fidata del suo curriculum e di quello che mi avevano riferito quelli che ci avevano lavorato insieme. un uomo forte, ci faceva comodo, esaltato al punto giusto, ma mi sono resa conto che ha il cervello di un bambino. E poi, parlandoci insieme seriamente, ho capito che non ha idee chiare sulle nostre posizioni politiche. Tutto muscoli e niente cervello. Rappresenta oramai un pericolo", la donna parlava con uno sguardo talmente duro che fece rabbrividire anche il suo compagno.

Vittoria era uno degli anelli cardine di tutta l'organizzazione.

Fin da piccola aveva mostrato grande simpatia per le teorie filonaziste, aveva studiato il pensiero di Hitler nel *Mein Kampf* e si era molto documentata.

Al liceo era entrata in una banda neofascista che si era distinta per alcune azioni particolarmente violente nei confronti degli studenti di sinistra.

All'università era diventata un punto di riferimento per molti esaltati milanesi, poi venne la laurea, il concorso e il lavoro. Non era stata mai beccata. Nemmeno una volta. Era riuscita a mettere in pratica, sotto insospettabile copertura e grazie all'omertà di molti colleghi, le sue idee sulla repressione violenta degli stranieri.

Era una donna molto abile e riusciva a camuffare in modo perfetto quel suo animo nero. Nessuno avrebbe potuto immaginare che dietro quel viso dai tratti dolci e semplici si nascondesse una neonazista convinta, pronta a tutto pur di restaurare quel potere e quell'ideologia, a far risplendere nuovamente i fulgori delle falangi e delle SS sugli scudi dorati di un nuovo dominio della razza ariana.

Era completamente pazza ma abile.

Il padre quando scoprì le sue simpatie di destra la cacciò di casa. Figlio di contadini emiliani dalla tradizione socialista e comunista, aver messo al mondo una ragazza del genere lo portò ad ammalarsi per la vergogna.

Non fu più l'uomo di prima e morì di dispiacere.

La donna non si presentò nemmeno al suo funerale.

Vittoria era il soprannome che si era guadagnata sul campo quando da sola aveva messo al tappeto, durante una incursione in un circolo universitario di sinistra, tre studenti di un collettivo.

Era ammirata e amata da molte di quelle bestie senza vergogna e senz'anima.

Era considerata un'eroina da combattimento.

Fosse stata giovane durante la guerra sarebbe sicuramente entrata tra le milizie della famigerata e temuta banda Koch di Villa Triste.

Alfa provava per lei una vera e propria ammirazione a prescindere e il fatto di scoparsela era un vanto di cui andava fiero anche se la donna gli aveva chiarito, fin dall'inizio, che lui non era l'unico uomo a cui destinava i propri favori sessuali.

A Vittoria piacevano quei maschi muscolosi e palestrati e si concedeva a diversi di loro. Alfa aveva accettato la situazione.

"Ieri c'è stata una riunione e abbiamo deciso di risolvere la faccenda una volta per tutte. Tu sarai della partita".

Alfa non osò ribattere nulla, in fin dei conti Gladio si stava comportando come un coglione e una lezione era il minimo che poteva capitargli.

Il temporale improvviso scoppiato quella sera era proprio quello che ci voleva per non farsi scorgere dal commissario.

Aveva deciso autonomamente di pedinarlo per vedere cosa facesse quando lasciava il commissariato.

Le informazioni che aveva avuto dicevano che stava iniziando ad indagare nella direzione giusta.

Il piano di depistare le indagini, deviandole verso la rapina e l'omicidio tra extracomunitari, era sostanzialmente fallito.

Non aveva avvisato nessuno di questa sua iniziativa, voleva dimostrare al capo e agli altri che non era uno stupido come pensavano e sperava che gli errori commessi sarebbero stati perdonati grazie a quello che avrebbe scoperto.

Lo avrebbe seguito, annotando dove andava e con chi si vedeva.

Voleva consegnare a Vittoria un vero e proprio dossier sulle attività di quell'uomo al di fuori del commissariato così lo avrebbero perdonato.

Non doveva far capire in alcun modo a Lorenzi di tenerlo sotto controllo

Eppure gli ordini ricevuti erano stati chiari.

Nessuno doveva intromettersi nel controllo del poliziotto da parte dell'organizzazione.

Il cervello da criceto di Gladio non aveva preso minimamente in considerazione la possibilità di essere scoperto da Lorenzi.

Voleva dimostrare a tutti che era ancora affidabile, che era un duro, che potevano contare su di lui per realizzare qualsiasi impresa.

Lorenzi uscì dall'ufficio che era già buio.

Aveva alzato il bavero del cappotto per difendersi dal vento e dalla pioggia.

Portava una borsa, conteneva alcuni documenti che voleva controllare a casa.

Era sotto stress emotivo, quasi non guardava dove metteva i piedi e infatti infilò una profonda pozzanghera bagnandoseli completamente.

L'incontro con Cristina lo aveva demolito.

"Porca puttana!", esclamò sentendo l'acqua inzuppargli i piedi.

Seduto in macchina si tolse le scarpe e strizzò i calzini. Aveva freddo, accese il riscaldamento e li mise vicino ai bocchettoni del parabrezza per asciugarli.

Infilò uno straccio e della carta di giornale nelle scarpe per raccoglierne l'umidità.

Inserì un cd dei Genesis per ascoltare quel brano speciale, quello che li aveva visti abbracciati teneramente dopo la soluzione del caso della qvimera.

Hairless Heart[3] s'impossessò dell'abitacolo.

Ecco immaginiamo il commissario abbandonato sul sedile, i vetri ancora appannati, il rumore del riscaldamento, i calzini ad asciugare, le scarpe riempite di carta da giornale.

La testa abbandonata indietro, gli occhi chiusi e la musica che invade ogni cellula del suo corpo.

Ecco che rivede Cristina che gli si avvicina, i flash back della loro storia, gli abbracci, i baci, l'amore, lei bellissima nel tailleur grigio aderente quando era andata a cena da lui per la prima volta due anni prima, quella notte, i loro corpi uniti nel primo straordinario amplesso, esaltante e profondo.

L'intimità riscoperta e il palpitare del cuore.

Il ricordo di sua moglie Eleonora che pian piano si attenua, la felicità negli occhi di sua figlia quando le racconta di aver incontrato la giornalista.

Il silenzio accusatorio del figlio.

Sentimenti, colori, odori, profumi, emozioni. Cielo.

Aver rivisto così inaspettatamente Cristina nel negozio di Layla gli ha riaperto la porta del cuore e della speranza per quell'amore così complicato ma così essenziale, infinito.

Necessario.

In quel momento di solitario abbandono al volo del cuore non può accorgersi della macchina parcheggiata dietro la sua e di quella figura scura al volante.

Stai attento Matteo, non abbassare la guardia.

Lorenzi fa ripartire il pezzo, vuole risentirlo fino a farsi male così come fanno gli innamorati quando sentono di non avere più speranza.

Non piange il commissario, non può. Non ci riesce.

Il cuore lo chiama e gli indica il cellulare.

"Dai componi il numero, chiamala. Non lasciare che tutto finisca in questo modo assurdo, è lei la tua storia, è lei la tua vita...".

Lo prende, compone il suo numero, uno squillo, due... poi lo spegne precipitosamente. Non è ancora pronto. Non è ancora convinto.

Cristina sta cucinando nell'accogliente cucina con la finestra che dà su piazza Insubria. Si asciuga le mani e prende il cellulare che squilla.

Vede il nome sul display.

"Matteo".

Non sa se rispondere, si emoziona. La chiamata si ferma.

Sorride, si porta il cellulare contro il petto.

Torna ai fornelli, mescola il sugo che sta preparando e ne assaggia un po' con il cucchiaio di legno. Non sa di pomodoro ma di miele.

Sorride nuovamente e le scendono alcune lacrime.

Gladio è impaziente. Ha chiesto alcuni giorni di ferie per inseguire quell'idea bizzarra che può riaccreditarlo agli occhi dei suoi amici.

Non capisce perché quel cazzo di commissario non si decide a muoversi.

"Fanculo", pensa, "muoviti stronzo".

Lorenzi sembra averlo sentito, si è rimesso i calzini ancora umidi e le scarpe e ha messo in moto.

Accende le luci e si avvia.

La pioggia è fortissima e cade con rumore di mitraglia sui tetti dell'auto del commissario e del suo pedinatore.

Via Clericetti, svolta a sinistra.

Via Valvassori Peroni, passa davanti alla grande biblioteca comunale e poi la chiesa di Santo Spirito.

Incrocio. Semaforo.

Passa un tram e alcuni pedoni di corsa che, sferzati dalla pioggia, si affrettano verso le loro piccole tane urbane.

Il tergicristalli spazza le annacquate luci della sera e i Genesis non mollano la presa sull'anima di Matteo.

Gira a destra in via Bassini e supera la galleria sotto la ferrovia.

Lambrate è la sua casa, quelle strade sono la sua famiglia.

Prosegue e la distrazione gli fa sbagliare direzione, deve girare di nuovo e tornare verso la rotonda.

È all'incrocio che nota l'auto.

Guarda nello specchietto retrovisore e cerca di capire, forse si sbaglia, farà alcune prove. L'investigatore è ridiventato attento.

Ripercorre tutta la rotonda e ritorna verso il sottopasso.

La macchina è sempre lì dietro.

Non riesce a distinguerla bene per la pioggia.

Ancora due prove. Prima del sottopasso svolta improvvisamente a destra e prende via Rodano e l'altra macchina lo segue.

Arriva in fondo e raggiunge il mercato comunale coperto di via Rombon svolta rapidamente in via Pini e in fondo ancora a destra sempre tenendo d'occhio chi lo sta seguendo.

Nota che l'altro è passato con il rosso pur di non perderlo, ora è sicuro di essere pedinato.

Rifà il giro una seconda volta aumentando l'andatura, l'altro non lo molla.

Approfittando della pioggia sempre più forte Lorenzi svolta ancora in via Bertolazzi e si butta subito sul marciapiede dietro i bidoni della spazzatura che coprono l'incrocio. Spegne i fari.

L'altro arriva, gira, non vede più la macchina del commissario, esita poi va via veloce forse lo ha perso laggiù in fondo.

All'incrocio si ferma non sa più dove andare poi svolta di nuovo.

Lorenzi osserva l'auto del suo inseguitore che si perde nel buio soffocato della sera metropolitana.

Una Ford Fiesta nera, una persona a bordo, forse due, non può dirlo con certezza.

Non ha fatto in tempo a leggere tutta la targa, ne ha memorizzato solo una parte "DR". Seguivano proprio lui ne è sicuro.

Perché? La domanda gli rimbalza dentro.

Dovrà ragionare.

Rimette in moto e si dirige verso casa, una doccia è quello che ci vuole per smaltire il freddo, la confusione e riflettere su tutto quello che sta accadendo.

"Dove cazzo è finito, cazzo!", grida nell'abitacolo il gigante.

Continua a urlare nella pioggia ma della macchina del commissario non c'è più alcuna traccia.

"Mi ha fregato, bastardo!" e da un pugno al volante.

Poi si ferma e si batte violentemente la fronte con il palmo della mano, più volte fino a farsi male.

E bestemmia. "Bastardo, grandissimo figlio di puttana!".

L'operazione è andata male, non potrà vantarsi con gli altri.

Deluso si dirige verso il luogo di ritrovo a San Cristoforo.

Squilla un cellulare.

"Pronto?" una voce femminile risponde.

"Quel cretino si è messo a seguire Lorenzi e per poco non si è fatto beccare".

"Che testa di cazzo. Dov'è adesso".

"Lo seguo, sembra stia andando all'Audace".

"Avviso il capo e vengo lì, penso non ci siano più margini...".

"Credo anch'io".

"Amen".

La conversazione si interrompe così. Osserva un disegno raffigurante una donna che lei ammira molto e accarezza un piccolo teschio in metallo poi prende una valigetta ed esce in fretta.

Tentazioni amorose

"Salve commissario".

Era Giovanna.

"Ciao Giovanna, come va?", rispose mentre era indaffarato ad asciugarsi la testa dopo aver fatto la doccia. Indossava un accappatoio ed era scalzo.

Amava gironzolare così sul pavimento in legno che aveva fatto posare anche in cucina. "Dimmi".

"Volevo dirti che Rocchi mi ha consegnato un rapporto che contiene notizie interessanti. È vero che possiamo parlarne anche domani ma ho pensato, visto che tra poco finisco il turno e non ho nulla di particolare da fare, che potrei passare da te a fartelo vedere prima di andare a casa".

"E i ragazzi? Ci pensa tuo marito?".

Ci fu un breve silenzio. Giovanna esitò.

"I ragazzi sono da mia madre e Mauro…", pausa. "Insomma con Mauro le cose non vanno più tanto bene e non è più a casa".

Lorenzi era sorpreso. Quella era una coppia formidabile da quel che ricordava. Molto unita. Sapeva che Mauro, impiegato alla Poste, non era particolarmente entusiasta del lavoro di poliziotta della moglie, soprattutto dopo che lei era stata ferita nel corso di una sparatoria, ma non avrebbe mai immaginato che potessero essere in crisi.

"Va bene" le rispose "giusto il tempo di indossare qualcosa e sono a tua disposizione. Stasera sono stato seguito da qualcuno ma l'ho seminato".

"Accidenti!", esclamò la poliziotta. "Allora è necessario che tu dia un'occhiata a queste carte. Vengo subito".

"Ti preparo un caffè, a dopo".

Il commissario ebbe un flash, un'immagine furtiva, un lampo della durata di qualche micro secondo e rivide l'immagine di spalle della collega che usciva dal suo ufficio.

Si vergognò al pensiero. Indossò una tuta da ginnastica e preparò il caffè. Nonostante l'imbarazzo del pensiero un timido segnale erotico gli smosse le viscere. Matteo si stupì.

Pochi minuti dopo Giovanna suonò il citofono.

Nel dubbio Lorenzi si era cosparso con un po' di profumo dal piacevole aroma maschio.

Viveva una strana contraddizione, da un lato voleva assolutamente allontanare i pensieri erotici che iniziavano a far capolino dentro sé verso la collega e dall'altro ammetteva che Giovanna era proprio bella e che ne era improvvisamente attratto pur pensando sempre a Cristina.

Aprì la porta alla collega e la fece accomodare nell'ampia sala con il tavolo a penisola dell'angolo cottura.

Le versò il caffè.

Indossava ancora la divisa attillata con gli anfibi alti e la striscia laterale che le modellava i fianchi.

Si sedette vicino al commissario e aprì il faldone con il rapporto di Rocchi.

Iniziò a spiegare a Lorenzi quello che aveva scoperto il loro collega.

Matteo dopo due minuti aveva "tolto l'audio" non riusciva più a seguirla, la osservava. Seguiva il suo profilo, le lunghe ciglia, i capelli adagiati sulle spalle, le mani delicate dalle dita affusolate e le unghie dipinte di rosso.

Non ricordava di aver mai notato prima le unghie curate della poliziotta.

Teneva la tazza con tutte e due le mani. La luce del lampadario basso creava un intimo cerchio caldo al centro del tavolo dov'erano sparsi i documenti.

Non si accorse che Giovanna aveva smesso di parlare e che lo osservava.

Nel silenzio si sentiva solo il ritmare della pioggia sui vetri e il tipico rumore delle auto che passano sull'asfalto bagnato con quel suono particolare che ti consente di capire che fuori piove solo ascoltandolo, senza guardare.

La donna appoggiò il mento sulla mano e lo osservò attraverso gli occhiali dalla montatura blu elettrico.

Lorenzi aveva lo sguardo perso nel vuoto.

"Tu non mi stai ascoltando".

Matteo scrollò il capo.

"Eh? Cos'hai detto?".

"Ho detto che è un pezzo che non mi ascolti. A cosa stai pensando?".

Una bordata di globuli rossi invase il volto del commissario.

"Nulla, nulla. Non stavo pensando a niente, scusami, ero distratto…".

"Cristina?" chiese lei.

Lorenzi scosse il capo in diniego.

"No. Ci siamo lasciati".

Giovanna fu sorpresa: "Non sapevo, scusami. Non volevo entrare nella tua sfera sentimentale personale. Non mi sembrava, mi dispiace".

"Non c'è niente di cui dispiacersi. La vita è fatta anche di questo, di cose che accadono e poi a volte finiscono così, senza un perché…".

"Hai ragione" disse lei e si rabbuiò pensando alla sua crisi coniugale.

"Dimmi di te, se vuoi. Cos'è successo con Mauro? Se hai voglia di parlarne".

Giovanna abbassò la testa "Non so nemmeno io come sia potuto accadere. È un po' di tempo che mi rinfacciava di non occuparmi più di lui come una volta. Diceva che sono troppo impegnata sul lavoro e che trascuravo i ragazzi, che il mio è un lavoro troppo pericoloso, non adatto a una donna… Sono in difficoltà, Matteo, sono tremendamente in difficoltà. Il mio lavoro mi piace e tu solo sai quanto. Amo i miei figli e non mi sono accorta del dispiacere che stava covando mio marito, non l'ho capito, non ho saputo ascoltare…".

Lorenzi le prese la mano, lei lo lasciò fare.

Alzò il viso e Matteo vide che gli occhi di lei erano lucidi, sofferenti.

Un senso di tristezza invase l'aria.

"È andato via da tre settimane. Non stavamo insieme da più di quattro mesi. Sono stanca Matteo, sono stanca. Perdonami se ti dico tutto questo".

Poi pianse, appoggiata al commissario buttò fuori l'amarezza covata da così tanto tempo. Poté mettere a nudo se stessa davanti a quell'uomo che non l'avrebbe né giudicata né compatita ma semplicemente compresa.

La cinse con un braccio.

Giovanna si sentì protetta da quell'abbraccio.

Lui le appoggiò l'altra mano delicatamente sotto il mento e le sollevò il viso.

Lo sguardo umido di dolore soffuso di lei.

L'accoglienza pulita di lui.

Lei sollevò ancora di più il volto verso di lui.

Lui scese, ascoltò il profumo dei suoi capelli e la dolcezza dei suoi occhi.

Le labbra si avvicinarono pian piano.

Fu un attimo e si unirono.

Dapprima le labbra si cercarono timidamente poi sempre più avidamente, una passione sepolta in storie diverse trovò risposta in quell'incontro.

Si alzarono in piedi, lei gli sfilò velocemente la parte superiore della tuta senza mai lasciargli le labbra.

Ora le lingue si inseguivano senza sosta.

In profondità, esploravano sapori e calori sconosciuti.

Il seno di lei spinse con durezza contro il petto nudo del commissario che le tolse la divisa, la maglietta e sganciò il reggiseno.

Il petto di Giovanna era duro e superbo.

Lei gli spinse in basso i calzoni per sentirne la nudità completa contro il suo ventre.

Lui dopo averla fatta sdraiare sul parquet le tolse gli anfibi e le sfilò i calzoni della divisa.

"Dio mio come sei bella... splendida", le sussurrò osservandola.

Lei lo accarezzò, lo prese e lo accompagnò con la mano verso l'ingresso del piacere puro. Non fu amplesso violento ma delicato, i colpi di Lorenzi erano lenti e profondi, scavavano un solco nell'anima triste della donna riportandola alla luce, alla felicità. Lei assecondava i suoi colpi perfettamente.

Il commissario si sorprese nel scoprire che non c'era solo Cristina e il pensiero della sua donna scomparve nell'abbraccio forte della poliziotta che lo abbracciò con forza graffiandogli la schiena.

Giovanna scivolò fuori e scese con la bocca ad occuparsi di Matteo.

Lorenzi provò un grande piacere e si lasciò andare ai baci profondi e voluttuosi della donna che poi ne assaporò il nettare, in quel modo particolare, senza mai staccarsi da lui.

Si addormentarono sfiniti uno accanto all'altra e la notte trascorse calda e serena.

Al mattino Lorenzi si svegliò per primo, vide Giovanna completamente nuda stesa al suo fianco, scostò delicatamente le lenzuola per seguire il profilo del corpo, splendido. Si alzò e inserì un vinile nel suo vecchio giradischi Thorens, *Soldier Of Fortune*[4] dei Deep Purple.

Le note e la voce calda dell'interprete lo isolarono dalle difficoltà della vita.

"Non ho alcun senso di colpa", ammise a se stesso.

Si preparò un caffè con soliti i biscotti al cioccolato, il lungo lavoro notturno gli aveva messo un grande appetito.

La musica gli raccontò dell'incontro tra un uomo e una donna qualsiasi e del grande cerchio magico dell'amore....

Lei dorme. Lui fuma guardando la vita che si risveglia oltre i vetri della casa.

Torna in camera e si appoggia allo stipite e osserva quella compagna di un attimo fuggente. Il commissario Lorenzi... un poliziotto... un uomo.

E noi andiamo via così, in punta di piedi, senza disturbare.

Testimonianze

Con loro qualcuno era stato un po' scorbutico, altri molto educati e collaborativi durante i colloqui.

In realtà non avevano raccolto alcun elemento nuovo.

La sera del delitto non avevano visto nulla. Chi era in casa a guardare la televisione, chi era al cinema, chi leggeva, chi metteva a letto i bambini, chi litigava e si voltava dall'altra parte.

I nuovi gestori cinesi del bar all'angolo tra via Bassini e via Peroni gli avevano risposto a monosillabi ridendo e scuotendo la testa.

"No capire, no capire".

Enrico Del Giudice era persona educata ma un sonoro "vaffa" a quelli lo avrebbe detto davvero volentieri. Risalì sull'auto di servizio. Lori era al volante. Il vicecommissario aprì il contenitore dov'erano riportati gli indirizzi e l'elenco di tutti gli abitanti che dovevano intervistare.

"Quanti ne abbiamo sentiti finora", chiese Lori.

"Centosettantadue, ne mancano molti. Che ore sono?", chiese Enrico.

"Le undici e trenta, capo".

"Non chiamarmi capo! Andiamo. Ora dobbiamo iniziare con gli abitanti di via Corti e via Grossich".

"Dovremo passare anche nella via dove avevamo scoperto il nascondiglio di quel killer di pedofili?", chiese Lori.

"Hai ragione, dovremo andare anche in via Bardelli. Sembra passato un secolo da quella volta e, invece, sono solo due anni".

"Già", affermò l'agente e rimise in moto la macchina.

Cinque minuti dopo erano davanti al portone di via Corti al numero uno.

Tina lasciò il capezzale del marito che sembrava riposare tranquillo.

La donna aveva dovuto capitolare alla somministrazione della morfina da parte del medico. I dolori che provava l'uomo erano troppo violenti.

Scostò la tenda e osservò il distratto passare della gente sotto casa.

Vide un'auto della polizia con i lampeggianti in funzione parcheggiata lì sotto. Ne scesero due uomini, uno era in uniforme.

Vide che si dirigevano verso lo stabile di fronte.

La verità nascosta

Quando Gladio arrivò, Alfa e Vittoria lo stavano già aspettando da un pezzo.

Il locale andava animandosi come tutte le sere quando decine di simpatizzanti dell'estrema destra milanese s'incontravano per bere e raccontarsi delle rispettive follie mentali.

Gladio non riusciva a nascondere la propria agitazione per non essere riuscito a pedinare Lorenzi così com'era nei suoi piani.

E non poteva nemmeno rivelarlo a nessuno perché non aveva ricevuto alcuna autorizzazione, anzi, se avessero scoperto della sua iniziativa lo avrebbero sicuramente espulso dall'organizzazione.

E dove sarebbe andato?

Con chi avrebbe potuto condividere quell'ideale estremo che parlava di croci uncinate, passo dell'oca, deportazione degli ebrei? No, no, non poteva perdere il contatto e il rapporto con i suoi amici di sangue.

Era rimasto orfano in piccola età, allevato in ambiente ecclesiastico dove i primi rudimenti che gli avevano insegnato erano quelli di un fervente anticomunismo viscerale.

Come poteva crescere questo ex bambino intellettualmente poco sviluppato?

Solo in quegli ambienti muscolari, razzisti e scarsamente intellettuali poteva trovare delle risposte ottuse che dessero un senso al suo orizzonte limitato.

Oh come gli piaceva addestrarsi con gli altri commilitoni!

Come si sentiva uomo, maschio e parte del gruppo quando cantavano quelle canzoni di cui non comprendeva nemmeno il significato.

L'ultimo atto fu quello di poter entrare a lavorare con i due colleghi amici.

Da quel momento la "causa" non fu solo sposata ma assunta a credo di vita.

Un gigante molto pericoloso.

Era pallido dalla tensione.

"Ciao, che ci fai da queste parti? Non eri in ferie? Vieni qui con noi, siediti".

Gli disse calorosamente la donna.

Lui non fiutò alcuna trappola.

"Non avevo voglia di rinchiudermi a casa e sono passato di qui a bere qualcosa, nella speranza di trovare altri 'audaci' come noi".

"Che caro che sei, il mio Gladio...", insistette Vittoria accarezzandogli il viso.

Immaginiamoci la reazione dell'uomo che, non lo aveva mai confessato a nessuno, si masturbava spesso fantasticando di poterla avere.

Quella carezza quasi lo stregò e la fantasia calva dell'uomo decollò in improbabili scene di sesso estremo con la donna.

Lei lo stuzzicò parecchio e lo fece bere fino a stordirlo completamente.

Quando vide che era confuso Vittoria gli si avvicinò e gli sussurrò nell'orecchio: "Quanto sei maschio! Mi ecciti tanto...".

Lui ansimava e sudava, aveva perso ogni forma di controllo.

"Gladio, tesoro, faresti una cosa per me?", disse in modo insinuante per penetrare a fondo nel cervello dell'uomo.

Alfa osservava tranquillo la scena. Era stato tutto deciso.

"Qualsiasi cosa, qualsiasi, per te posso fare tutto" e la strinse.

"Ehi, ehi, che foga. Calma, calma. Se stasera mi farai capire che posso davvero far conto su di te, può essere che ti conceda di scoparmi".

Cotto a puntino. Gladio era in suo completo potere.

"Dimmi cosa devo fare".

Alfa nel frattempo aveva versato una polverina nel boccale di birra del collega come concordato con lei.

"Prima facciamoci un'ultima bevuta e poi andiamo. Fuori ti spiegherò cosa dobbiamo fare... tanto sei libero, no?".

"Sì", rispose poi tracannò in un sol colpo l'ultimo boccale e seguì la donna.

"Ehi, tu non vieni…?", si rivolse ad Alfa barcollando. "Non vieni con noi?".

"Cosa vengo a fare? Vittoria stasera è tutta per te. Resto qui a bere qualcosa, ci vediamo più tardi".

Una volta fuori la donna indicò l'auto dell'uomo.

"Andiamo con la tua macchina. Metti i guanti che dobbiamo sistemare uno".

Gladio era orgoglioso di poter compiere un'azione da solo con lei, era un grande attestato di stima e poi gli aveva anche promesso che si sarebbe fatta scopare.

Una volta saliti in macchina la donna gli spiegò il piano.

"Ti ricordi dove abbiamo fatto fuori quel cretino che rompeva i coglioni nel locale?".

"Sì, qui vicino. Lungo la ferrovia".

"Bravo. In quella zona ci sono degli orti. Abbiamo scoperto che in uno di questi si nasconde una famiglia di zingari responsabili di numerosi furti nella zona. Sappiamo che le donne sono in giro e il capofamiglia resta solo. Dobbiamo fargli capire che se ne devono andare alla svelta. Bastiamo io e te".

Lui annuì.

La strada era buia, la pioggia forte e incessante.

Parcheggiarono nell'oscurità vicino alla piattaforma ecologica.

Vittoria continuava a guardarsi intorno per verificare che non li notasse nessuno.

Alfa li seguiva a distanza a fari spenti.

"Lo ammazziamo?", le chiese.

"No, niente morti in questo periodo. C'è troppa attenzione mediatica. Gli diamo solo una bella lezione".

"Bene".

Lui si tolse i guanti per scrocchiare le dita con un rumore sinistro.

"Sei pronto?".

"Aspetta, voglio mettermi una cosa per lasciargli il segno".

Si frugò nelle tasche alla ricerca di un anello particolare che utilizzava spesso, una specie di teschio con quattro ossa a punta ai lati ma non lo trovò.

Vittoria vide il doppio lampeggio di Alfa nello specchietto retrovisore.

"Aspetta. Cos'è quella cosa?", chiese lei indicando con la mano in un punto alla sinistra di Gladio.

L'uomo si voltò per guardare e in quel momento lei gli piantò una siringa nel collo premendo a fondo.

L'uomo perse conoscenza immediatamente.

Tirò fuori dalla borsa una bottiglia piena di benzina con una miccia calcolata per dar loro il tempo di allontanarsi e controllare che tutto andasse come previsto.

Frugò nelle tasche del malcapitato per portargli via i documenti e già che c'era anche i soldi, sarebbero serviti per la causa.

Cosparse l'uomo con del liquido di un'altra bottiglia, spostò l'interruttore della luce dell'abitacolo per non farla accendere quando avrebbe aperto la portiera.

Controllò che fosse tutto a posto.

Alfa l'aspettava controllando la zona appartata.

Vittoria innescò la bottiglia.

"Hai fatto bene a metterti in ferie. Buon viaggio Gladio" e si allontanò dal veicolo.

Imbarazzata

Giovanna aprì gli occhi e si stirò a lungo, sbadigliando.

In un primo momento non si rese esattamente conto di dove si trovava poi spalancò gli occhi. Era completamente nuda, in un letto sconosciuto ed ecco che si ricordò tutto.

"Cazzarola", pensò.

Sentì provenire della musica dall'altra stanza, si alzò, si coprì solo col lenzuolo e si affacciò sulla soglia.

Lorenzi era intento a leggere i documenti che lei aveva portato la sera prima.

Lo osservò, era un bell'uomo, chi avrebbe mai pensato prima che si sarebbe rotolata in un letto con il suo commissario?

Era stato eccezionale, non le era capitato spesso di avere rapporti sessuali così intensi e appaganti.

Matteo, indossava la tuta della sera prima ed era seduto su uno sgabello.

La tazza di caffè a lato e la sigaretta tra le dita.

Lei lo vedeva di profilo, con i capelli brizzolati scompigliati, gli occhiali che gli davano un che di estremamente intellettuale e i fogli in mano.

Bussò contro lo stipite.

Matteo si voltò.

"Buon giorno Esposti", e sorrise.

"Buon giorno capo… e che capo!", disse lei.

"Caffè? Ci sono anche degli ottimi biscotti".

"Sì, ho una fame…", lo guardò maliziosa e fece cadere il lenzuolo.

Lorenzi rise osservando la statuaria perfezione del corpo nudo completamente depilato della sua collega: "Sei magnifica".

"Anche tu non scherzi capo. Mi hai fatto impazzire come non mi accadeva da tempo", gli andò vicino e lo accarezzò seguendone il profilo "e ti dirò che non provo nemmeno un solo senso di colpa. Grazie e basta. Mi hai fatto bene".

"Anche tu, sei stata splendida ma non voglio raccontartelo ora... altrimenti...".

"Altrimenti...?", sorrise e gli leccò un orecchio. "Altrimenti cosa mi fai?".

Lui la prese con un braccio per i fianchi: "Altrimenti ti porto di là e poi son guai, seri...".

"Ottima idea andiamo subito?".

"Non ora. Sto leggendo il rapporto di Rocchi. Anzi, facciamolo insieme. A che ora prendi servizio oggi?".

"Alle dodici".

Matteo osservò l'orologio sulla parete.

"Bene, abbiamo quasi tre ore. Avviso in ufficio che questa mattina lavorerò a casa. Poi se abbiamo tempo...".

"Agli ordini capo". Si voltò e ritornò verso la camera da letto completamente nuda, ancheggiando di proposito sapendo di essere seguita dallo sguardo eccitato di lui.

Lorenzi non riuscì a distrarsi dall'osservare la perfezione delle natiche fino a quando non scomparve in camera.

Poco dopo erano al lavoro.

Rocchi era riuscito a ricostruire una serie di episodi che si erano verificati nell'area milanese, soprattutto nella zona di piazza Napoli, Giambellino e Lorenteggio.

Tutti riguardavano fatti di sangue in cui erano rimasti coinvolti extracomunitari.

Una persona non identificata, probabilmente un nordafricano, trovato lungo la ferrovia per Magenta vicino all'Alzaia del Naviglio Grande in uno stato di decomposizione avanzata. Un giovane del Marocco, clandestino, trovato in un punto isolato del Naviglio in direzione di Corsico e un altro straniero non identificato, di colore, probabilmente del Centro Africa scoperto da un cercatore di funghi in una roggia di campagna tra Chiaravalle e Civesio.

Rocchi aveva già filtrato le notizie di altri episodi simili ed aveva selezionato queste perché avevano tutte un minimo comune denominatore.

Le vittime non presentavano ferite né da taglio né da armi da fuoco.

Le autopsie disposte dai magistrati, effettuate frettolosamente, riportavano generiche indicazioni di decesso causato da violente percosse.

I casi erano stati archiviati velocemente dall'ufficio della questura come generiche risse tra persone entrate nel paese in clandestinità.

Lorenzi era sorpreso dalla fretta con cui erano stati archiviati i casi e di come le indagini fossero state condotte in modo molto rapido e superficiale.

Dopo un paio d'ore un'idea si stava facendo strada nelle riflessioni del commissario.

"Che ne pensi?".

"Mah. I clandestini non fanno notizia. Episodi di questo genere sono ormai all'ordine del giorno nella nostra metropoli. Abbiamo scarsità di uomini e mezzi. Questi sono considerati meno degli 'ultimi' e non interessano a nessuno, purtroppo è normale, brutale ma normale, che nessun magistrato abbia interesse ad approfondire…".

"Ho capito ma ci saranno pure degli investigatori con i contro coglioni che non lasciano cadere nel nulla queste storie. Si parla di uomini, di vite. Non capirò mai alcuni metodi in uso nel nostro corpo".

"Triste ma è così".

"Non per me Giovanna".

"Nemmeno per me, e lo sai. Ti rappresento solo un dato di fatto. Quanti nuclei ci sono a Milano che svolgono le indagini come facciamo noi qui a Lambrate? Uno, due? Forse tre? E quanti sono i reati di cui dobbiamo occuparci ogni giorno?", Giovanna sospirò. "È una battaglia persa in partenza ma noi abbiamo il dovere, se non ci stoppa il magistrato di turno, di andare fino in fondo".

Ecco che era ritornata la solita Giovanna, la poliziotta.

"Dimmi invece del pedinamento", gli disse.

"In un primo momento non me ne sono accorto, stavo pensando ad altro, mi ero bagnato i piedi in una pozzanghera, avevo freddo… ad un certo punto ho avuto la sensazione di essere seguito. Ho fatto delle prove svoltando all'improvviso e lui mi era sempre dietro, poi l'ho beccato rifacendo il giro due volte velocemente. Ho preso la prima parte della targa DR, una Ford Fiesta scura".

"Non ce ne saranno molte in giro con quelle iniziali, bisogna capire perché ti stavano seguendo, piuttosto", rispose lei pensierosa.

"Forse stiamo indagando dove non dovremmo... al momento buio assoluto ma verrà fuori, te ne occupi tu dell'auto?".

"Matteo...".

"Sì?".

"Stai attento...". Giovanna lo abbracciò e lo baciò, Lorenzi rispose a quella dolcezza, si voltarono contemporaneamente verso l'orologio, avevano ancora quasi un'ora a disposizione...

Clic, clic, clic.

L'uomo scattava a ripetizione riprendendo la Esposti che usciva dalla casa di Lorenzi da dietro i vetri scuri dell'auto. "Hai capito il commissario...", disse ad alta voce poi chiamò il suo superiore per informarlo.

Vertici

Si sentì bussare alla porta dell'elegante ufficio.

"Avanti", rispose una voce ferma.

Lo studio aveva il pavimento in legno pregiato. In fondo, vicino all'ampia finestra una scrivania dell'Ottocento di quelle massicce che incutono timore solo a guardarle.

Una di quelle che traspira potere da ogni intarsio.

Il piano in morbida pelle verde molto curata e una lampada Bella époque con disegni in vetro colorato contornato dal piombo.

Dietro la poltrona le due bandiere e il ritratto del presidente della repubblica.

Il questore alzò lo sguardo dai documenti che stava consultando e invitò l'uomo a sedersi con un gesto rallentato.

"Ispettore, spero che abbia un valido motivo per aver insistito con tanta urgenza".

L'ispettore stava per dire qualcosa, lui lo bloccò subito con la mano.

"Aspetti. Le ricordo che l'indagine che sta svolgendo è molto delicata e non è a conoscenza di nessun altro all'infuori di noi due. Se accadesse qualcosa io non la difenderò anzi chiederò per lei i provvedimenti disciplinari più gravosi. Non è stata una buona idea la sua di venirmi a trovare in pieno giorno. Ecco, ora ha facoltà di parlare".

L'ispettore a quelle parole sudò freddo. L'incarico era delicato, al limite della legalità all'interno della struttura stessa. Sapeva i rischi a cui andava incontro.

"Le si è bloccata la favella ispettore? Eppure non le è ancora accaduto nulla".

"Mi perdoni dottore se ho superato un limite prudenziale ma quello che ho scoperto è molto strano e importante. Ritenevo che lei dovesse esserne informato immediatamente. Per questo mi sono permesso...".

"Bando alle chiacchiere. Non ho molto tempo da dedicarle".

L'ispettore annuì.

"In questa busta troverà alcune fotografie che ho scattato ieri sera e questa mattina mentre ero intento nel compito di pedinamento del commissario...".

"Niente nomi", lo interruppe brusco.

"D'accordo. Una collega del nostro obbiettivo...".

"Del 'suo' obbiettivo ispettore, io non ne so nulla. Prosegua".

Il questore aveva la capacità di mettere a disagio anche l'ispettore. Nonostante l'esperienza maturata in diversi scenari di guerra mediorientali l'uomo si sentiva a disagio a cospetto di quella rappresentazione in doppio petto del potere.

"Vada avanti", infierì.

"Una collega, l'agente G.E. si è recata dal nostro uomo ieri sera e si è trattenuta lì tutta la notte. Le foto sono state scattate personalmente da me ieri e stamattina. Ho piantonato l'abitazione tutta la notte".

"E che idea s'è fatto, lei, di questa visita?".

"Io credo che tra i due esista una relazione".

"Crede o sa? Non possiamo lavorare su elementi dubbi".

"Immagino...".

"L'immaginazione può giocare brutti scherzi, suvvia un uomo esperto come lei si è mai potuto fidare dell'immaginazione nel corso della sua brillante carriera? Oppure ha sempre lavorato esclusivamente su fatti concreti?".

L'ispettore allentò la cravatta e il collo della camicia.

Lo guardò con compatimento.

"Sono certo che tra i due esiste una relazione amorosa".

"Così va meglio ispettore. Quindi lei mi sta dicendo che il nostro caro signor G ha due donne? Questo mi rassicura un po', l'altra relazione è considerata pericolosa, disdicevole, quantomeno inopportuna".

"E non è tutto. Adesso vengono gli elementi più strani. Il nostro uomo ieri sera è stato pedinato da qualcun altro, noterà alcune foto dove ho ripreso anche il numero di targa".

"Quindi c'è qualcun altro che si interessa al nostro commissario?".

L'uomo annuì e riprese: "Ma c'è dell'altro".

"La cosa si fa interessante. Il nostro signor G suscita la curiosità di molti".

"Esatto. L'uomo che pedinava il commissario era a sua volta controllato da un'altra persona, anche di questo le ho consegnato le foto".

Il questore giunse le mani sotto il mento appoggiando entrambi i gomiti sul piano della scrivania.

"Un triplo pedinamento dunque. Degno dei migliori film di spionaggio".

Aprì la busta e verificò la documentazione che gli aveva consegnato l'investigatore. Riuscì a non far trapelare la sorpresa quando pensò di aver individuato chi potesse essere colui che pedinava il pedinatore di Lorenzi.

"Non esistono copie di queste fotografie, mi auguro".

"No".

"Ha cancellato i file dal suo computer e le memorie dalla stampante?".

"Assolutamente sì".

"Bene. Mi deve consegnare anche la scheda di memoria".

"Ma ho cancellato tutto".

"Me la dia per cortesia". L'ispettore gliela porse. "Lei mi assicura che non esiste più alcuna prova o documentazione che possa testimoniare quanto lei mi sta consegnando vero? Ne va della sua sicurezza personale".

L'uomo ebbe paura. In che razza di guaio si era cacciato?

"Sì, dottore".

"Bene. Ha già verificato chi possano essere coloro che controllavano il nostro uomo e che si controllavano tra loro?".

"Non ancora dottore, non ne ho avuto il tempo. Sono venuto subito da lei. È tutto molto strano, non capisco ancora chi possano essere".

"Lei non deve capire, ispettore, deve solo eseguire".

"Volevo dire che la situazione è piuttosto ingarbugliata. Appena rientro in ufficio mi metto subito al lavoro per scoprire chi possano essere...".

Il questore fece cenno di no dondolando un dito.

"No, no, no. Il suo compito termina qui. Non mi faccia domande, è per il suo bene che la fermo. Ha svolto il suo compito egregiamente. Riceverà quanto necessario e pattuito nelle forme dovute. Può andare ora, buona giornata".

L'ispettore si alzò dalla poltrona e fece per stringergli la mano ma il questore si rimise a consultare i documenti.

Capì che era meglio allontanarsi.

Stava per aprire la porta quando quella voce lo bloccò.

"Ispettore".

Si voltò.

"Si dimentichi questo incontro".

Quando uscì dalla questura, nonostante il cielo grigio e pioviggino-so e quel vento freddo si sentì decisamente meglio. Cosa avesse scoperto non lo capiva e nemmeno più voleva saperlo, erano cazzi di Lorenzi quelli.

Il questore consultò alcuni documenti riservati controllando le fotografie ravvicinate scattate dall'ispettore con il teleobbiettivo e le targhe delle due autovetture.

Lesse e rilesse più volte le informazioni top secret e confidenziali contenute nel server centrale.

Rimase assorto a riflettere per diversi minuti poi fu costretto a chiamare i Servizi.

Radio Popolare – Milano

Marta Jovine entrò a Radio Popolare.

Prima di andare a cercare Cristina Petruzzi scese al bar situato nel seminterrato per prendersi un panino. Aveva fame e si prese quella pausa per riordinare i pensieri. Gli elementi che aveva raccolto al centro sociale Lambretta coincidevano molto con le convinzioni che l'Imam aveva esposto a lei e alla giornalista. I ragazzi del centro monitoravano da tempo la presenza neofascista nel quartiere.

Scritte provocatorie comparivano spesso nel sottopassaggio di via Bassini e venivano ricoperte da loro con altre di segno opposto.

Erano convinti che da un po' di tempo fosse in atto una sorta di caccia allo straniero in città, il clima era cambiato e veniva fomentato dai sentimenti più beceri che emergevano a causa della crisi economica e dei sentimenti di paura che avevano fatto breccia nel populismo più dozzinale.

"Non sono cose da sottovalutare", le aveva detto uno dei responsabili del centro. "Tira una brutta aria".

Quando aveva chiesto loro se ritenevano che la polizia stesse facendo abbastanza per contrastare il fenomeno erano scoppiati tutti a ridere.

"Cosa ti sei fumata Marta, roba buona? Te lo dobbiamo spiegare noi da che parte sta la sbirraglia in Italia?".

"Se fermano uno di noi lo massacrano di botte", intervenne un tipo con la barba lunga e una felpa del Che.

"Quelli girano con le lame in mano e non li fermano mai", disse un altro.

Era una cosa triste ma, purtroppo, era la realtà. Marta lo sapeva bene.

Poco dopo si accomodò alla scrivania di Cristina che le sorrise affabilmente.

"Allora, tesoro, riordiniamo un po' le idee. Raccontami cosa ti hanno detto al Lambretta".

Marta le fece il resoconto.

"Guarda qui", e mostrò a Marta alcune fotocopie di giornali e dei documenti. "Ci sono stati diversi casi di omicidio di extracomunitari. Le solite liti, scontri tra bande, risse tra ubriachi, soprattutto sudamericani ma alcuni episodi non hanno trovato una spiegazione e sono stati frettolosamente archiviati. Ho provato a far sbottonare un magistrato che conosco molto bene ma quando ho toccato l'argomento mi ha congedato subito. C'è qualcosa di molto strano dietro a queste storie. Vieni con me".

Si alzò seguita dalla giovane collaboratrice, si chiusero in una parte della radio più riservata.

"Ecco qui hai un elenco di tutte le notizie, io ne ho un altro. Ora ci mettiamo al lavoro. Dobbiamo studiare tutto, in modo approfondito. Prendi appunti, segnati tutto ciò che ti sembra strano e poi confrontiamolo. È qui dentro che dev'esserci la soluzione, ne sono certa".

A Marta quell'esperienza garbava parecchio. Le professionalità e le attenzioni di Cristina Petruzzi nei suoi confronti erano preziose ed erano propedeutiche ad acquisire la mentalità giusta per il giornalismo d'inchiesta. Alle ventitré e trenta, nel silenzio quasi irreale del grande salone, con il sottofondo della trasmissione in corso, Scuffia le trovò ancora "sul pezzo".

Stanche, gli sguardi stravolti, gli occhi gonfi ma l'espressione felice di chi era vicino al traguardo. Renato che da un po' di tempo aveva un "ritorno di fiamma" verso Cristina si soffermò incuriosito.

Cristina, pur nella stanchezza, era raggiante.

Scuffia chiese la ragione di quell'espressione gaia.

"Credo di aver capito cosa dobbiamo cercare", gli disse alzando lo sguardo dalle tonnellate di carte che coprivano il tavolo.

Marta sbadigliava esausta e annuiva.

"Sei una grande tu. La colonna portante di questa radio. Se non ci fossi bisognerebbe inventarti".

Cristina si alzò all'improvviso e schioccò un sonoro bacio sulla guancia di Scuffia che sentì un leggero prurito interno… destinato a rimanere tale, purtroppo per lui.

"E tu sei il miglior esperto di musica di tutta Milano, anzi di tutta la Lombardia, che dico? Di tutta Italia…".

Risero tutti e tre di gusto poi Renato si accomodò nello studio e fece partire la sigla. "Questa sera una dedica speciale. I mitici, insostituibili, inarrivabili Porcupine Tree con il brano *My Ashes*[5] per la nostra migliore corrispondente di cronaca nera, Cristina Petruzzi".

La dedica si propagò nell'etere, di casa in casa, di radio in radio, in modo sinuoso, caldo e persuasivo come solo l'atmosfera ovattata delle trasmissioni notturne di musica prog sa fare.

Il nome di lei, di onda in onda, giunse fino al commissario Lorenzi che mentre studiava i rapporti ascoltò e provò una fitta dolorosa al cuore.

La protesta

Erano presenti diversi giornalisti. Cristina e Marta in piedi in prima fila.

La giornata era finalmente primaverile.

Davanti al negozio si erano radunati anche molti curiosi.

Lori era stato mandato dal commissario a controllare la situazione.

Prese la parola l'Imam, la guida spirituale della comunità ebbe parole dure per gli investigatori.

"Sono diversi giorni ormai che nostro fratello Kaled è stato ignobilmente ammazzato", si fermava per consentire la traduzione ai numerosi musulmani presenti. "Questa terra non si sta dimostrando accogliente come pensavamo. Nostra sorella Layla è rimasta sola, e soli sono i suoi figli. Chi ripagherà la perdita del padre a questi innocenti? Vogliamo giustizia. Vogliamo che la polizia scopra gli autori di questo delitto. Vogliamo che il corpo di Kaled sia restituito alla sua famiglia per poter celebrare la sua morte. Guai, guai ai colpevoli di questo misfatto!".

Un brusio di disapprovazione in una lingua incomprensibile all'agente Lori si sollevò tra la folla.

Sul marciapiede di fronte un'altra persona seguiva con attenzione.

Nel frattempo la gente era aumentata. Erano arrivati diversi giovani con vestiti e copricapi bianchi, alcuni con lunghe barbe.

Cristina non aveva mai visto l'Imam così indignato.

"Noi ringraziamo chi di voi giornalisti sta chiedendo a gran voce la verità. Non è vero quanto ci raccontano. Non è vero che Kaled sia stato ucciso per una rapina o per una lite tra noi. Queste sono le menzogne dell'Occidente che vuole dipingerci sempre come estremisti, come malviventi, ma sono loro, loro solamente i responsabili dell'insicurezza che accompagna le nostre vite e quelle delle nostre famiglie. Sono loro incapaci di fermare la mano della violenza razzista nei nostri confronti. Veniamo trattati come animali. Quando arriviamo in questo paese in cerca di fortuna, per lavorare, in cerca di speranza, per un futuro migliore per noi e per le nostre famiglie ci arrestano e ci mettono nei centri di detenzione trattandoci come i peggiori criminali".

Si levarono molte grida di protesta e di consenso tra i presenti.

"Cazzo, qui si mette male", sussurrò la giornalista a Marta.

La ragazza era impaurita anche se condivideva in toto le parole dell'uomo.

"E allora, cari fratelli. Io dico, in nome del nostro Padre, in nome dei nostri fratelli uccisi e morti attraversando il mare, in nome dei nostri fratelli ingiustamente imprigionati nei centri di prima accoglienza... possiamo ancora sopportare queste angherie? Possiamo ancora abbassare la testa davanti a tutta questa insensibilità? Possiamo ancora tollerare che a Layla non venga restituito il corpo del suo amato sposo? Possiamo ancora farci calpestare nel fango? Possiamo ancora accettare tutto questo?".

"No, basta", gridò qualcuno.

Un forte mormorio di disapprovazione in quella lingua sconosciuta si propagò in mezzo alla gente.

Iniziarono a partire degli slogan, la situazione andava precipitando.

Lori chiamò subito il commissario.

"Commissario, qui si mette male. Si stanno agitando parecchio. Il loro capo li sta incitando in un modo che non mi piace per niente". Raccontò delle parole del capo spirituale.

"Continua a seguire ma mettiti in una posizione più sicura, non stare lì in mezzo", chiuse la conversazione. "Porca puttana!", e diede un colpo violento sulla scrivania.

Del Giudice, seduto di fronte, gli fece un cenno interrogativo.

"Davanti al negozio del panettiere si sono radunate molte persone. L'Imam le sta arringando senza rendersi conto che la cosa può degenerare. Lori mi ha informato che sono arrivati tanti giovani, sono molto agitati. Quell'uomo non si rende conto che razza di casino può venire fuori".

"Brutta storia. Cosa vogliono?".

"Chiedono il giusto Enrico, vogliono sapere chi ha ammazzato Kaled e perché. E vogliono indietro il cadavere per poterlo seppellire secondo i loro rituali. Telefona subito al magistrato e fatti dire quando si può restituire il corpo alla famiglia".

Lori non capiva gli slogan in arabo ma era chiaro che la folla minacciosa stava per fare qualcosa.

Prese nuovamente il cellulare ma un colpo violento sulla mano glielo fece cadere a terra. Gli furono addosso in diversi e lo spinsero contro il muro.

Non riuscì a capire cosa stava accadendo, tirò fuori il tesserino.

"Fermi, fermi! Polizia! Non fate cazzate!". Era spaventato.

Arrivò di corsa Cristina mettendosi in mezzo tra i giovani arabi e il poliziotto, accorse anche l'Imam.

"Cazzo!", gli gridò la giornalista. "Fermali, non farli mettere nei guai".

L'uomo gridò qualcosa in arabo e Lori fu rilasciato.

"Grazie", disse lui rivolto a Cristina.

"Grazie un cazzo, deficiente! Come ti è venuto in mente di venire qui da solo ma vaffanculo va!".

L'altra persona che aveva seguito tutto dal marciapiede di via Orombelli fece una telefonata per informare qualcuno e si dileguò.

Nel frattempo la folla imbestialita prese per via Buschi per dirigersi verso il commissariato.

Gridavano tutti, la tensione era altissima.

Si sentì il rumore di vetri infranti.

Stavano spaccando alcune autovetture.

Marta correva davanti con la macchina fotografica.

Cristina agitatissima cercava la sua collaboratrice.

Intravide la sua capigliatura rasta in testa al corteo, era in pericolo e non se ne rendeva conto, l'Imam non solo non controllava più la rabbia della comunità ma si era messo alla guida della protesta.

"Marta! Marta!". La voce le uscì stridula, acuta, spaventata.

Si mise a correre tra la folla per raggiungerla.

Gli altri giornalisti si erano allontanati per precauzione.

Un ragazzo che scattava fotografie fu malmenato e lasciato sanguinante per terra.

Cristina era terrorizzata, conosceva i pericoli che si potevano correre quando la folla era inferocita ed esplodeva tutto il carico di rancore, disperazione e umiliazione che la società repressiva aveva fatto loro subire.

All'angolo con via Beruto spaccarono alcune vetrine.

La gente del posto scappava in tutte le direzioni.

Un automobilista fece l'errore di suonare il clacson per passare e fu circondato. Si chiuse dentro la vettura mentre diversi manifestanti gliela sfasciavano.

Comparvero dei bastoni e delle mazze impugnati dai manifestanti.

Sfilarono nella via, superarono gli uffici Enel e si diressero verso il commissariato.

La confusione era al massimo.

Cristina raggiunse Marta e la trascinò via per un braccio.

"Vieni via! È pericoloso".

Marta annuì, scattò alcune foto del gruppo che sfilava urlando e devastando le macchine parcheggiate.

Cristina era agitata e compose il numero di Matteo tremando.

Squillava ma lui non rispondeva.

"E rispondi cazzo! Rispondi Matteo!".

"Pronto, Cri…".

"Matteo, amore, stanno venendo verso di voi, sono inferociti e stanno sfasciando tutto. Hanno preso ora via Beruto, è questione di minuti".

"Porca puttana!", urlò il commissario e abbandonò il cellulare.

Si alzò dalla scrivania rovesciando molti documenti e prese il casco di ordinanza e il manganello correndo.

"Enrico! Via, via, muoviamoci, stanno arrivando qui".

La situazione prese tutti di sorpresa.

Del Giudice gridò a tutti gli agenti di indossare la tenuta antisommossa ma non c'era più tempo.

L'edicolante tirò giù la saracinesca e scappò via. Diversi passanti che aspettavano il tram si rifugiarono sui marciapiedi di via Grossich e via Corti.

Gli studenti dell'università si assieparono vicino alla Casa dello Studente, molti fuggivano.

Lorenzi impartiva ordini precisi, la situazione era precipitata in modo troppo veloce e inaspettato.

Si dava del coglione per non aver preso in considerazione quell'evenienza.

Due dei suoi uomini avevano rapidamente chiuso l'accesso di via Clericetti con un mezzo.

Il commissario si rese conto che erano rimasti in pochi a presidiare il commissariato.

"Parris avvisa subito la centrale che mandino immediatamente dei rinforzi, chiama anche i carabinieri, fai presto".

Uscì dal commissariato e corse verso il posto di blocco.

Del Giudice portò un megafono.

Tirarono giù le visiere e si schierarono dietro il blindato.

La folla arrivò e si fermò nello spiazzo tra via Beruto, l'edicola e i binari del tram. Si creò un silenzio spaventoso.

"Che cazzo di casino", disse la Esposti.

Il vicecommissario annuì preoccupato.

"Sono qualche centinaio a occhio e croce", disse Lorenzi poi si voltò verso il commissariato. "Parris, cazzo!".

"Se ci vengono addosso ci massacrano, non possiamo reggere. Preparate i lacrimogeni". Lorenzi, Del Giudice, Rocchi, la Esposti, Parris, tre agenti dell'ufficio e due della volante di supporto, la Segamo e l'agente Cabler. Erano solo una dozzina.

La tensione si tagliava con un coltello. Si udì distintamente qualcosa rimbalzare sul metallo, poi un altro e un altro ancora e ancora.

Pietre. I manifestanti avevano iniziato a tirare contro i poliziotti schierati a difesa del commissariato.

"Non reagite. Non reagite", gridava Lorenzi. "Attendiamo i rinforzi".

Un sasso sfiorò il casco della Segamo che lo raccolse e lo tirò verso la folla assiepata. Quella reazione della poliziotta, che colpì alla spalla uno dei manifestanti facendolo cadere a terra, fece scoppiare un casino di dimensioni pazzesche.

"Ma che cazzo fai!", gridò il commissario in direzione della poliziotta, corse verso di lei e la strattonò duramente. "Sei impazzita, vuoi farci massacrare tutti, non hai visto quanti sono?".

Non finì la frase perché una pietra scagliata dai manifestanti centrò in pieno il casco di Lorenzi che cadde a terra confuso. La botta era stata molto forte, se non avesse indossato la protezione il sasso gli avrebbe spaccato la testa.

Qualcuno aveva incendiato una macchina e iniziarono ad alzarsi alte lingue di fumo nero.

In lontananza l'urlare delle sirene dei blindati in arrivo.

Partirono i primi lacrimogeni che i ragazzi ritiravano verso il manipolo di poliziotti. All'improvviso un sasso colpì alla schiena uno degli agenti che cadde con un grido di dolore. Lorenzi si voltò e vide che un gruppo di giovani arrivava da dietro, li avevano circondati.

"Via, via, abbandonare la posizione!", urlò dopo essersi rialzato. "Ci stanno circondando, via, via!! Rientriamo nel commissariato, presto".

Tirarono alcuni lacrimogeni verso il nuovo gruppo di manifestanti e si misero tutti a correre verso gli uffici.

Alcuni ragazzi erano loro addosso e dovettero farsi largo a manganellate.

La Segamo colpì al volto un ragazzino giovanissimo e si fermò a pestarlo con violenza anche quando era già a terra sanguinante, Lorenzi la vide, tornò indietro e la trascinò via urlando: "Hai perso la testa? Stronza. Basta!".

Si rifugiarono all'interno del commissariato proprio mentre arrivavano le altre squadre a supporto. Gli scontri durarono ancora più di un'ora poi, così come era iniziato all'improvviso, tutto finì.

Il bilancio fu di dodici feriti tra i manifestanti e quattro tra gli agenti, tre fermati più l'Imam, un blindato dato alle fiamme e danni ingenti alle auto in sosta e a diversi negozi. La rabbia degli oppressi aveva dato risposta all'incapacità delle forze dell'ordine di proteggerli dal quel carico d'odio metropolitano.

La notizia dei tumulti a Lambrate da parte della comunità araba scosse la città. Alcuni cretini invocarono leggi d'emergenza.

La parte più sana dell'informazione, senza giustificare gli scontri, si soffermò sulla necessità di dare risposte concrete agli stranieri e alle loro nuove generazioni.

Nel primo pomeriggio Lorenzi convocò in sala riunioni tutti gli agenti coinvolti ad eccezione di Parris, facente funzioni di ricezione al centralino.

Quando tutti furono seduti fece il punto sui fatti del mattino.

"Per prima cosa vi dico che mi ritengo responsabile degli errori commessi stamane. Ho sottovalutato la situazione, dato che non c'erano mai stati segnali di tensione, ho ritenuto che le cose si sarebbero svolte in modo tranquillo. Ho sbagliato non solo come poliziotto ma come uomo. Oggi abbiamo tutti rischiato che finisse in tragedia. Io ho la responsabilità di non aver ancora condotto le indagini in modo adeguato e questo ha scatenato la rabbia della comunità araba...".

"Matteo adesso non prendertela troppo con te stesso, non c'eri nemmeno quando Kaled è stato ucciso, sono io che ho condotto le indagini in modo indegno", intervenne Enrico Del Giudice.

"Ti ringrazio ma il dirigente qui sono io e le colpe ricadono tutte su di me".

Gli agenti erano mortificati, alcuni avevano il capo chino.

L'agente Segamo si avvicinò all'orecchio del collega e bisbigliò: "Ma siamo in un commissariato o ad una seduta di autoanalisi?".

L'altro trattenne a stento una risata.

Lorenzi con la coda dell'occhio percepì qualcosa.

"Agente Segamo!".

"Comandi", disse alzandosi in piedi.

"Ha detto qualcosa? Vuole ripetere a tutti noi il suo commento?".

"Non ho detto nulla signor commissario".

"Segamo ti ho sentito scherzare".

"Si sbaglia signor commissario, non mi sarei mai permessa. La situazione di oggi è stata incresciosa".

Lorenzi non voleva mettersi a litigare davanti a tutto il nucleo che era già mortificato di suo e si limitò a contestare alla poliziotta il comportamento.

"Agente Segamo, lei è consapevole di essersi comportata fuori dal protocollo stabilito in queste situazioni?".

"Non mi pare, dottore".

"Non le pare?", disse Matteo iniziando a camminare in cerchio nella sala riunioni costringendo tutti a seguirlo con lo sguardo: "Sbaglio o lei ha lanciato una pietra contro i manifestanti e subito dopo sono scoppiati gli scontri?".

"Se ho sbagliato mi scuso con lei e con tutti i colleghi", rispose con risolutezza.

"Non è una questione di scuse. È che con il suo comportamento lei ha messo a repentaglio la sicurezza di tutti i suoi colleghi. Inoltre si è accanita con un ragazzo che era già a terra".

"Mi aveva aggredito e mi sono difesa signor commissario".

"Balle! L'ho vista. Lei ha perso la testa e quando si svolgono compiti di ordine pubblico questo non può accadere. Comunque mi assumo tutte le responsabilità di quanto accaduto davanti ai nostri superiori. Che non succeda più che ci si faccia trovare impreparati in questo modo. Tra poco andrò dal questore a consegnare il rapporto. Lei è sospesa per due giorni dal servizio. Può andare a casa. Ne riparleremo".

"Mi dispiace commissario ma non sono d'accordo, non ritengo di poter essere sospesa dal servizio. Lei ha detto che è sua responsabilità, il resto è stato conseguenza di quanto lei ha sbagliato fin dall'inizio".

La donna teneva fronte a Lorenzi, era infastidita.

"Lei non è autorizzata a rispondermi. Due giorni di sospensione. Insolente".

La poliziotta si girò sui tacchi e abbandonò la riunione.

"Farò ricorso", puntualizzò.

"Ma guarda te che razza di personaggio", si accorse che gli altri lo stavano osservando. "Ma cosa cazzo avete tutti da guardare? Andate fuori di qui, la riunione è sciolta". Aveva perso la sua proverbiale calma.

Il vicecommissario si fermò con Matteo che era furibondo.

"Già, ho commesso un errore madornale che poteva costarci caro, poi ci si mette anche quella sottospecie di cretina. Ma da dove cazzo arriva?".

"Calmati Matteo, siamo tutti tesi. La Segamo è come gli altri, sono tutti bravi agenti. Ci è sfuggita la situazione di mano ma quello che conta è che ora è finita e non tragicamente per fortuna". Lorenzi si lasciò cadere sulla poltrona.

"Hai ragione e ora devo andare anche in questura".

"Non ti invidio". Il vicecommissario si alzò, mise una mano sulla spalla dell'amico e lasciò l'ufficio.

Il questore fece fare un'ora di anticamera a Matteo. Quando si sedette davanti alla scrivania il superiore abbassò gli occhiali sul naso guardando dritto negli occhi di Matteo: "Lorenzi, commissario Lorenzi, non ci siamo proprio, sono in collera con lei sa? Può andare, per ora".

"Che giornata di merda", disse tra sé Matteo mentre usciva dalla questura.

Intimidazioni

Davanti alla stazione ferroviaria di Lambrate c'è sempre movimento, solo tra le tre e le cinque del mattino le vie del quartiere lì intorno si possono definire davvero deserte. Ed è proprio verso le tre e mezza che, nel silenzio pressoché assoluto, un'automobile scura a fari spenti arriva da via Bassini svolta a sinistra in via Viotti, costeggia il muraglione della ferrovia e parcheggia anonimamente in mezzo alle altre auto in sosta.

Un raro treno notturno sferraglia in alto col quel caratteristico rumore che di notte si propaga e rimbalza sulle facciate dei palazzi.

Le luci delle abitazioni sono spente. L'enoteca all'angolo tra via Buschi e via Orombelli ha tirato giù le saracinesche da poco meno di un'ora. Gli ultimi avventori e il titolare si sono fermati a commentare i disordini del giorno, c'è molto stupore tra la gente del quartiere. Nessuno immaginava che si sarebbe potuto arrivare a tali livelli di tensione e di scontro.

Alla fine se ne sono andati via, stretti nelle prime leggere giacche primaverili, la testa incassata nel bavero alzato a protezione del collo, è ora di dormire.

I ragazzi sono già a letto da un pezzo ma lei non riesce a dormire.

La giornata è stata pesante, un incubo. Prima la felicità per tutta quella gente intorno a lei, a onorare Kaled, quella confusione positiva... poi la rabbia, le grida, la violenza così distruttiva.

La polizia, le fiamme, il disastro e i feriti.

La loro guida spirituale arrestata e portata via sanguinante.

Layla non ha capito molto, non s'intende di politica ma ha visto come sono precipitate le cose in pochi minuti, l'odore acre delle macchine in fiamme, la nebbia densa dei lacrimogeni che brucia gli occhi e ti soffoca la gola.

Tutto quello che è successo non ha modificato la disperazione di essere rimasta sola per sempre. È seduta sul divano e si accarezza il ventre gonfio, il piccolo scalcia più del solito, è agitato, sembra aver fretta di venir fuori a scontrarsi con un mondo che lo cataloga già orfano ancor prima di nascere…

"Povero piccolo non saprai mai com'era tuo padre, te lo racconteremo, ti faremo vedere le sue fotografie, i tuoi fratelli ti parleranno di lui e te lo descriveranno come un eroe, com'era bello tuo padre… piccolo mio".

Parla sottovoce, si confida con quella piccola speranza che le nuota in grembo e, finalmente, piange. Finalmente le lacrime sembrano spezzarle il cuore, stroncare il respiro, finalmente la traghettano nuovamente verso la vita gettandole una cima di salvezza per ancorare il cuore a ciò che resta della sua famiglia.

"Perché la vita è così ingiusta con noi? Perché il Profeta non ti ha difeso amore mio?", racchiude il volto tra le mani e sfoga tutto il suo dolore.

Il bambino sembra aver colto un sapore amaro propagarsi nel liquido amniotico e smette di scalciare, ha già rispetto per il dolore della sua mamma che ancora non conosce se non attraverso quelle mille farfalle colorate che lei gli trasmette attraverso il cordone ombelicale.

Uno è rimasto in macchina, un altro controlla la situazione.

Quelle vie sono sempre troppo illuminate. Lo sanno che è rischioso ma devono dare una lezione a tutti quelli che hanno osato alzare la testa, devono capire bene chi comanda a Milano.

Si avvicinano al palo stradale con tutte le immagini appese di Kaled, si muovono veloci ed esperti tra quell'odore dolciastro dei primi mazzi di fiori che stanno appassendo.

Tutto a posto, possono allontanarsi.

"E se passa qualcuno?", chiede uno.

"Peggio per lui, a quest'ora si sta a casa", sogghigna l'altro.

Sono spietati, la vita degli altri conta meno di un nulla.

Un cane randagio si aggira zigzagando ed entra in via Buschi dal lato della ferrovia. Si avvicina ad una macchina, annusa, alza la zampa posteriore e marchia il territorio soddisfatto. Si avvicina al negozio annusando tutto quel rimescolamento di odori sconosciuti, ce n'è uno più pungente, molto pungente, si avvicina e d'istinto scatta di lato per correre via.

Un boato ferisce la notte, il negozio e la memoria di Kaled.

Il cane viene fatto a pezzi.

Layla sobbalza sul divano mentre quel rumore terribile sembra spezzare ogni cosa. Tutto, per un lungo e interminabile istante, si mette a tremare.

Finestre che si infrangono, anime ammutolite, sirene di allarmi che gridano nella notte. Quella notte che ha smarrito la via durante una triste e lunga giornata di odio e violenza.

La donna ha un brutto presentimento, corre fuori e si precipita per le scale. "Allah, Allah ti prego fa che non sia così ti prego, signore, ti prego…" e corre, corre, corre, corre…

È in strada e non sa nemmeno lei perché va verso quell'ultimo baluardo del loro futuro.

Menti spietate e mani assassine hanno distrutto anche questo.

La saracinesca è divelta, l'incendio sta già divorando, immenso, la loro inutile storia in terra straniera. Una lunga colonna di fumo si alza tra le luci artificiali miracolosamente rimaste accese.

Layla arriva davanti al negozio. Il calore è insopportabile e deve arretrare.

Le tremano le ginocchia, non ha più nemmeno la forza di spargere altre lacrime, si siede sul bordo del marciapiede di fronte ad osservare inebetita una realtà crudele che non lascia loro più nulla.

Arriva gente di corsa. La strada si anima di sonni infranti e di dolore e compassione per la giovane araba alla vista della panetteria distrutta.

Ma cosa sta accadendo in questa città? Nulla è più come prima.

Lorenzi risponde confuso al telefono, stava sognando di Cristina e di Giovanna e di sua moglie Eleonora… "Dio che casino!" grida nel sogno.

Impiega qualche minuto a capire poi si veste rapidamente per correre in via Buschi.

Layla pensa al negozio e prova un sentimento di orrore.

A quest'ora doveva esserci dentro il giovane ragazzo che preparava il pane.

Chiude gli occhi e china il capo verso terra.

L'autovettura ha riacceso le luci solo dopo aver superato via Rubattino e imboccato la tangenziale.

Ascoltano un cd e cantano canzoni in un lingua dura tagliata a sangue come i loro cuori.

Lorenzi e Del Giudice si incontrano davanti al locale in fiamme. Gli agenti hanno steso un cordone di sicurezza con le bande di delimitazione tutto intorno all'area. I vigili del fuoco sono impegnati nel tentativo di spegnere l'incendio, ci sono macerie e pezzi fumanti tutt'intorno, le auto parcheggiate davanti al negozio sono in fiamme. Il comandante dei vigili del fuoco fa allontanare ulteriormente i curiosi perché potrebbero esplodere da un momento all'altro.

Il silenzio è quasi irreale. La folla assiepata con gli sguardi e le capigliature confuse dal sonno spezzato è ammutolita. Nessuno parla, nessuno commenta.

Gli unici rumori che si possono sentire distintamente sono le voci dei pompieri e il crepitare delle fiamme.

Lambrate è ferita, Lambrate e le sue genti sono piegate dalla cieca follia di menti perverse, dalla democrazia spezzata.

Lambrate ha sempre pagato un alto prezzo di sangue per difendere la libertà, dai partigiani del '45 a Fausto e Iaio, fino al giovane panettiere egiziano.

L'alba inizia a far capolino in fondo ai campi Giuriati e un timido raggio di sole colpisce l'asfalto laddove Kaled ha perduto la vita, scivola sul selciato e scalda i mazzi di fiori lasciati sul marciapiede da decine di anime colme di pietà.

Lori e la Esposti si occupano di Layla in stato confusionale.

Giovanna prende la donna per le spalle e la trascina via amorevolmente verso casa dai suoi cuccioli.

"Venga, venga non c'è più nulla da vedere, andiamo a casa".

Lei mormora confusamente qualcosa un po' in arabo e un po' in italiano, la poliziotta non comprende poi una frase le chiarisce tutto.

"C'è Sailinì nel laboratorio, è lì a fare... il... pane...".

Lascia Lori con la donna e torna da Lorenzi di corsa.

Matteo ha le mani in tasca e osserva il viavai dei soccorritori, il vicecommissario fuma nervosamente. Il magistrato arriverà a breve.

"Matt... commissario", lo chiama.

Lui si volta ma non ha nemmeno la forza di sorriderle.

"C'è un uomo lì dentro".

Del Giudice getta via la sigaretta con violenza.

Lorenzi si passa le mani tra i capelli.

La città è in ginocchio.

I vigili del fuoco recupereranno all'interno i miseri resti carbonizzati di un'altra giovane vita spezzata.

Marta e Cristina

Milano si era risvegliata ferita a morte.

La notizia era giunta al mattino alla giornalista.

Le aveva telefonato un collega della radio per chiederle di recarsi sul posto.

Era arrivata lì verso le sei e aveva già registrato un pezzo telefonicamente per il primo notiziario poi era rientrata in via Ollearo, in redazione per analizzare meglio i fatti. Marta la raggiunse verso le nove.

Negli studi dell'emittente l'aria era cupa.

I lavoratori di Radio Popolare che seguivano la vita e la storia della città dal 1976 non si erano mai abituati alla violenza che sistematicamente colpiva la città da oltre quarant'anni.

La giovane collaboratrice di Cristina aveva appreso dell'attentato sul tram mentre ascoltava con le cuffiette.

Pur avendo vissuto di persona e visto gli scontri del mattino precedente non avrebbe mai immaginato che si sarebbe trovata, alla sua prima esperienza giornalistica, coinvolta in un casino simile.

Aveva deciso di non andare all'università e recarsi in radio dalla Petruzzi.

Quando la vide arrivare Cristina non le disse nulla. Marta non parlò, si sedette al suo fianco e ripresero a studiare i dossier.

Non c'era bisogno di parole, dovevano fare la loro parte per aiutare Layla.

Alle due e mezza del pomeriggio fecero il punto della situazione per preparare la trasmissione.

Alcuni elementi che avevano raccolto iniziavano a dare una logica agli accadimenti.

I casi sospetti nell'area milanese erano tre, oltre a Kaled.

Un nordafricano trovato lungo la ferrovia in zona ticinese.

Un uomo di colore ritrovato in una roggia nel parco Sud e un altro nordafricano trovato sul naviglio vicino a Corsico.

In verità c'era anche un altro caso da valutare, ma la dinamica della morte era diversa da quella degli altri.

Tutti non presentavano né ferite da taglio né ferite d'arma da fuoco.

Erano deceduti per le percosse subite.

Nessuno dei tre aveva documenti né era stato riconosciuto da alcuno.

La magistratura aveva chiuso le indagini velocemente archiviandole con motivazioni legate al regolamento di conti tra clandestini.

C'era un altro particolare molto sospetto. Cristina preferì non renderlo noto alla sua collaboratrice perché avrebbe potuto metterla in pericolo. Lo annotò e decise di avvisare il commissario.

Le difficoltà che stavano incontrando nella loro relazione amorosa non giustificavano il silenzio sulla necessità di far luce su quegli omicidi.

Uno alla volta si accomodarono nella sala riunioni. Avevano tutti gli occhi gonfi e stanchi per la notte trascorsa sul luogo dell'esplosione.

L'ispettore Valentini della Scientifica stava ancora raccogliendo reperti con i suoi uomini nell'area delimitata e controllata dagli agenti ma era stato subito chiaro con Matteo, si trattava di una bomba e dai danni causati doveva essere ad alto potenziale, esplosivo non comune.

Lorenzi chiese a Parris di portare un caffè a tutti e iniziò a fare il punto della situazione.

"Per prima cosa voglio ringraziare tutti voi per l'impegno e la disponibilità che avete dimostrato nell'intervenire immediatamente sul luogo dell'attentato perché di questo si tratta… credo che le valutazioni che emergevano tra noi nei giorni scorsi sul fatto che le indagini non potevano essere condotte solo sulla pista del movente dell'aggressione a Kaled per un litigio o a rancori maturati nella comunità araba siano oggi dimostrate. L'ordigno che ha fatto saltare per aria il locale e che ha ucciso il povero amico di Kaled è di alto potenziale deflagrante, così mi ha indicato l'ispettore Valentini. Dato che non siamo in Iraq o in Libano e che non abbiamo alcun elemento per ricondurre i fatti ad ipotesi mafiose o di estorsione io propendo per motivazioni di carattere xenofobo e chiedo il vostro parere".

Si fermò un momento per bere il caffè e si sedette al suo solito posto al tavolo.

"Inoltre c'è una novità della quale non ho ancora potuto mettervi al corrente. Nei giorni scorsi ho scoperto di essere pedinato. È una cosa di cui sono certo. Sono riuscito a seminare quelli che mi controllavano e a rilevare una parte della targa dell'auto che utilizzavano. Ho chiesto a Esposti di controllare ma il precipitare degli eventi non ci ha consentito di farlo". Poi si rivolse a Lori: "Dopo occupatene tu".

L'agente annuì.

Del Giudice prese la parola: "Credo che il commissario abbia ragione, troppe coincidenze, troppe stranezze, le risse non hanno caratteristiche così precise, riprendiamo le indagini dall'inizio e cerchiamo nel movente xenofobo le ragioni di quanto sta accadendo...".

Lorenzi riprese la parola facendo un cenno al vicecommissario "Rocchi aveva già individuato alcune ipotesi, non ho ancora avuto modo di leggere in con attenzione il suo rapporto. Vuoi parlarcene?".

"Negli ultimi mesi si sono verificati tre omicidi di extracomunitari che hanno alcune similitudini tra loro. Due sono nordafricani, il terzo è di colore, nessuno dei tre aveva documenti che consentissero di poterli identificare...".

"Mi pare un po' azzardato metterli in analogia tra loro solo perché erano senza documenti, e poi Kaled i documenti li aveva", intervenne l'agente Cabler.

Rocchi si spazientì: "Magari se mi fai finire senza interrompere...", disse all'indirizzo del poliziotto il quale sollevò le mani in segno di scuse. Proseguì: "Dalle prime analisi l'analogia tra i tre casi è che questi giovani uomini, quindi individui robusti con capacità di reazione e di difesa, non presentano alcun segno fisico, né escoriazioni, né graffi, nulla che possa dare l'idea che abbiano reagito. Cosa che chiunque farebbe in caso di aggressione. Posso capire che una persona sotto la minaccia di un coltello o di una pistola possa non reagire ma di fronte ad un'aggressione a mani nude chi non reagirebbe per salvare la propria vita? Eppure nessuno dei tre riporta ferite da taglio o da arma da fuoco e i cadaveri rinvenuti risultano pieni di ematomi ma nessun segno di oggetti contundenti. Credo che tutto ciò sia strano e che i casi vadano approfonditi e messi in relazione tra loro".

Lorenzi si alzò e si avvicinò, come suo solito alla grande finestra della sala, quella che dava su via Clericetti verso l'ingresso del commissariato, si appoggiò al davanzale voltandosi verso i colleghi.

"Cabler lei prenda i documenti che stava studiando la sua collega sospesa dal servizio e li analizzi con cura. Non possiamo attendere che l'agente Segamo rientri dalla sospensione per continuare le indagini. Dobbiamo farlo subito".

Osservò Rocchi: "Tu e Giovanna mi procurerete oggi stesso le relazioni del medico legale riferite ai tre casi di cui stiamo parlando, se risultano povere di indizi contattate e telefonate subito per prendere la testimonianza diretta del medico, non voglio scuse da parte di nessuno devono collaborare immediatamente. Voglio un'analisi il più completa possibile sulle motivazioni del decesso di questi tre. Se è stata eseguita l'autopsia voglio il referto da visionare. Enrico e Lori sospenderanno per il momento il giro degli interrogatori degli abitanti delle vie qui intorno e analizzeranno le relazioni di indagine dei nostri colleghi e dei magistrati su questi tre casi. Potete andare". Guardò l'orologio: "Ci rivediamo qui tra tre ore con gli elementi che riuscite a raccogliere, dobbiamo sbrigarci ho la sensazione che possano accadere altri episodi di questo tipo".

Le indicazioni del commissario e lo sprint che aveva dato alla squadra diedero nuova energia ai collaboratori che erano sfiduciati dopo l'attentato della notte e l'assalto al commissariato del giorno precedente.

Mentre uscivano Lorenzi fermò Del Giudice: "Enrico fammi preparare da Lori un elenco di tutte le Ford che abbiano una targa con DR come iniziale con i rispettivi nominativi dei proprietari".

Enrico annuì e uscì dalla stanza.

Il commissario osservò la lavagna in sughero dove era uso attaccare tutti gli elementi di indagine per poterli collegare. Prese una piantina della città e della provincia, l'appese e segnò con un pennarello rosso i punti in cui erano stati trovati i cadaveri dei tre uomini aggiungendo in blu quello di Kaled.

Non riusciva a trovare una relazione immediata ma c'era qualcosa che gli ronzava nella mente, faceva rumore e ancora non si posava mantenendogli confusi i pensieri.

Il cielo andava rapidamente oscurandosi, il sole stava tramontando e di lì a pochi minuti sarebbe arrivato il buio a confondere i contorni di quella giornata disgraziata, si accese una sigaretta e tornò verso la finestra e proprio in quel momento vide Cristina che entrava in commissariato. Il cuore gli partì a mille.

L'uomo si tolse le cuffie, aveva registrato tutto come gli era stato richiesto dai superiori. Prese il cellulare e chiamò il responsabile dell'operazione.

"Ho provveduto a intercettare e registrare la riunione che c'è stata in commissariato, Lorenzi ha dato ordini di indagare proprio nella direzione che non volevamo. Che facciamo?".

"Nulla per ora", rispose il superiore. "Informo la sede e ti diremo cosa fare. Continua a tenerlo sotto controllo".

"Va bene" rispose e chiuse la conversazione.

Lavorare in quella postazione mobile camuffata da camper non era male, sempre meglio che occuparsi di ordine pubblico in Val di Susa com'era solito fare.

Oscurità devianti

La macchina di rappresentanza con i vetri oscurati e il lampeggiante sul tetto entrò nel cortile. Un uomo in borghese, con occhiali neri, scese dal posto affiancato all'autista e aprì la portiera posteriore.

Un piccolo uomo dal fisico gonfio uscì con poca destrezza passando prima una grossa borsa all'uomo della scorta e aiutandosi con le mani sui supporti delle portiere.

Le grandi scale patrizie, testimoni della ricchezza di quel nobile palazzo, le dovette salire ansimando ed asciugandosi la fronte con un fazzoletto profumato, con le sue iniziali ricamate in un angolo.

Il corridoio era lungo, molto alto, pieno di affreschi. Le porte dei vari uffici traspiravano il prestigio e l'importanza di chi vi lavorava.

Arrivato in fondo un uomo in divisa gli fece il saluto militare a gli aprì la porta.

Un distinto signore ad occhio e croce di settant'anni era in piedi vicino alla finestra e osservava l'antico cortile della nobiltà una volta proprietaria.

Teneva le mani dietro la schiena. Non si mosse all'ingresso dell'omino.

"Buon giorno colonnello", disse senza voltarsi.

"Buon giorno".

"Mi dicono che qualcosa non funziona molto bene lassù a Milano…".

"Sì, signore. Qualcosa è andato storto e quel commissario sta avvicinandosi molto alla verità. Le operazioni di depistaggio non hanno funzionato bene, le prove non sono state cancellate a dovere e abbiamo una falla nell'organizzazione".

Lasciò il pesante tendaggio della finestra e tornò alla scrivania.

"Le falle vanno riparate. Non possiamo far affondare il progetto. Sono in gioco interessi ed equilibri molto delicati, ne è consapevole?".

"Sì, signore ne sono consapevole. Cosa vuole che faccia?".

"Le lascio carta bianca. Sappia che i nostri amici non desiderano che l'intera operazione venga danneggiata da elementi non più affidabili anche se questi fossero importanti per l'organizzazione. Diciamo che, se lo riterrà necessario, dovrà disfarsi della zavorra che potrebbe farci affondare".

"E del commissario cosa ne facciamo?".

L'uomo sorrise all'indirizzo del colonnello.

Quel sorriso che dietro l'apparenza benevola poteva far tremare l'uomo più addestrato e coraggioso dell'intera struttura.

"Lorenzi è un ottimo investigatore, forse il migliore sulla vostra piazza. Non sarebbe una buona idea farlo inciampare. Lasciamogli condurre le indagini a modo suo ma proteggiamo la parte più importante del nostro progetto. Diciamo che potreste tentare di sviarlo ancora dalle indagini. Mi sono informato e purtroppo ho trovato grandi resistenze al tentativo di trasferirlo altrove, di promozioni neanche a parlarne le rifiuterebbe. Quello che possiamo augurarci, anzi che lei colonnello si deve augurare, è che il commissario non arrivi a scavare troppo in profondità. Per questo motivo le ho indicato la strada del sacrificio anche di alcuni nostri uomini. La posta in gioco è troppo alta, meglio perdere qualcuno ma non bruciare l'operazione".

"E per la famiglia del commissario cosa mi consiglia?".

"Lasciamo stare quei poveri ragazzi che hanno già la grande disgrazia di avere un padre così caparbio".

"E per la relazione con la giornalista?".

"Ah l'amore, colonnello... Che grande fortuna provare così nobili sentimenti alla nostra veneranda età... Mi pare che la Petruzzi non sia più l'unico svago del nostro bravo commissario o sbaglio?".

"No, signore. Non sbaglia. Ora ha una relazione anche con una agente del commissariato".

"Visto? Cosa le dicevo? Anche quest'uomo così integerrimo e incorruttibile ha il suo punto debole, come tutti d'altronde... lei ha ancora quella passioncina nascosta ai Parioli?".

Il colonnello impallidì colpito a morte.

"Su colonnello non mi osservi in quel modo. Non abbiamo alcuna intenzione di utilizzare simili mezzucci nei suoi confronti. Ripeto il commissario va lasciato indagare, che faccia il suo dovere. Lei pensi a chiudere le porte giuste facendo in modo che non arrivi dove noi non vogliamo che arrivi".

"Sì, signore farò come ha detto".

"Bravo colonnello. Non vorrei proprio privarmi di un uomo esperto e affidabile come lei, tra l'altro non saprei proprio dove ricollocarla a meno che lei non sia ancora appassionato del Medio Oriente. Dovrebbe liberarsi un posto molto importante a Kabul, potrei essere costretto a promuoverla lì".

"Sì, signore".

Il colonnello avrebbe fatto qualsiasi cosa pur di evitare quella "promozione".

L'incontro

L'agente Parris bussò alla porta dell'ufficio di Lorenzi.

Matteo non rispose e Parris aprì ugualmente come suo solito.

"Commandantte, c'è la sua fidanzata".

Ecco, il solito Parris.

Il commissario sospirò: ma chi aveva assegnato quella specie di poliziotto al suo commissariato? Si ripromise di indagare.

Cristina entrò.

Parris richiuse la porta dietro alle spalle sorridendo felice.

Matteo si alzò imbarazzato.

Per alcuni interminabili istanti si osservarono uno negli occhi dell'altra senza mai abbassare lo sguardo.

Non lo diedero a vedere ma si resero conto, ognuno per sé, che le pareti dell'ufficio di Lorenzi avevano cambiato colore, erano più calde, solari.

Nessuno dei due sapeva cosa dire.

Non si frequentavano da pochi giorni eppure pareva essere trascorso un secolo dall'essersi lasciati così drammaticamente in Puglia.

Lei lo aveva cercato. Lui non aveva più risposto.

Ad un certo punto Lorenzi fece per andarle incontro ma lei lo fermò.

"No, no, non ti avvicinare. Non sono qui per parlare di noi e non sono pronta a sentirti dire cose terribili che potrebbero ferirmi".

"Ma, io…".

"Lasciami finire, ti prego. Sono venuta perché sta succedendo qualcosa di terribile in questa città, cose che sembravano essere in un modo e invece possono essere lette in modo completamente opposto. Immagino cosa stiate vivendo in questi giorni dopo l'assalto al commissariato e l'attentato. Non so a che punto siano le vostre indagini ma io ho capito che c'è qualcosa di molto più grande e terribile dietro ai fatti di questi giorni. Sei tu l'investigatore Matteo, io provo a capire ma non posso e non voglio andare oltre le mie competenze di cronista. Ho sbagliato a Ostuni e non voglio ripetere gli stessi errori. Un giorno ne parleremo e ci spiegheremo. Ora ascoltami con attenzione". Ci fu una pausa carica di mille significati per i due innamorati. "In questa cartella troverai informazioni importanti, ho scoperto delle analogie tra alcuni fatti apparentemente non collegati tra loro. Temo che ci siano menti molto fini, qualcosa di terribile. Ripeto, non voglio andare oltre. Passo a te quello che ho scoperto sapendo che ne farai buon uso. Layla crede in te e così i suoi figli… e anch'io. Sei un grande uomo, il miglior poliziotto in circolazione. Fallo per i bambini di Kaled, fallo per ogni uomo e ogni donna che ha il diritto di avere un futuro libero e dignitoso. Matteo fermali. Solo tu puoi farlo".

Cristina gli porse la cartella con i documenti.
Lo baciò sulla bocca e scappò via.
Matteo si toccò le labbra tremante.
Era lei, lei, solo lei… per sempre lei.

Tornò alla scrivania e lesse le conclusioni di Cristina, osservò con attenzione la documentazione fotografica, visionò le copie di alcuni documenti molto importanti tratti dalle indagini dei PM sui tre casi. Studiò tutti i collegamenti che lei era riuscita a scovare sulla presenza di alcune frange neofasciste e neonaziste sospettate di azioni e delitti e dovette arrivare, suo malgrado, alla stessa amara conclusione che lei esprimeva in calce al dossier.

Aveva ragione lei.

Era davvero una brava investigatrice.

Ora nella mente del commissario era tutto un po' più chiaro, un particolare soprattutto rappresentava la dimostrazione che c'era un nesso comune a tutti i fatti di sangue di cui si stavano occupando compreso l'assassinio del giovane nordafricano.

Dopo circa un'ora chiuse il plico e si fermò a riflettere, ora sapeva cosa fare.

Non ne avrebbe parlato con nessuno per il momento.

La notizia smarrita

Il disastro degli accadimenti a Lambrate aveva occupato i titoli delle prime pagine dei quotidiani locali e nazionali.

A causa di questo una notizia, che si sarebbe potuta rivelare importante per le indagini, passò completamente in secondo piano, non se ne accorse quasi nessuno. La giornalista de "Il Giorno", Alessandra Zanardi, era stata incaricata di sostituire una collega ammalata e di seguire per alcuni giorni la zona del Giambellino nonostante il suo ruolo di corrispondente del Sud Milano. Per questo motivo si recò al mattino sul luogo del ritrovamento di una persona semicarbonizzata dentro una macchina vicino al ponte della Ghisolfa nella zona degli orti abusivi, nei pressi della chiesa di San Cristoforo.

Quando arrivò sul posto c'era molta confusione.

I resti dell'autoveicolo erano ancora fumanti, la zona limitata dalle bande rosse e bianche dei carabinieri che erano intervenuti sul posto al mattino presto quando avevano ricevuto la segnalazione dell'incendio che si era propagato ad alcuni orti e a parte del deposito di smaltimento rifiuti.

La scena era orribile. Alcuni uomini della Scientifica, nelle loro tute bianche, esaminavano il luogo scattando fotografie ed effettuando misurazioni. Un'auto dei carabinieri impediva l'accesso, molti curiosi si erano assiepati sul cavalcavia per guardare in basso lo svolgimento delle indagini. Il cadavere di un uomo, testa reclinata all'indietro completamente carbonizzata con la bocca spalancata. Il corpo e la macchina non erano andati completamente distrutti solo perché un mezzo dei vigili del fuoco che transitava in loco, avvisato dalla sede era intervenuto nel giro di pochi minuti. Di questo Vittoria e Alfa non erano a conoscenza.

La giornalista si avvicinò al maresciallo dell'Arma che era circondato da altri cronisti e fotografi, una troupe della Rai regionale riprendeva a distanza.

"Non possiamo fornire alcuna informazione, gli esperti stanno controllando la zona. L'unica cosa che sono autorizzato a dirvi è che si tratta del cadavere di un uomo e che non è stato un incidente".

"Può trattarsi di mafia?" chiese un cronista.

"Non posso rispondere per mancanza di elementi".

"Potrebbe essere un suicidio?", chiese la giovane tendendo la mano al maresciallo. "Piacere Alessandra Zanardi de 'Il Giorno'".

"Anche su questo non posso dirvi nulla, è troppo presto per trarre qualsiasi conclusione sul caso, appena avremo il rapporto della Scientifica vi faremo sapere. Ora, per cortesia, se volete far passare il magistrato... grazie".

Il dottor Longhi arrivò sul posto e fu condotto all'auto, gli mostrarono la scena e si fermò a discutere con i carabinieri. Il responsabile della Scientifica mostrò il cadavere dell'uomo al magistrato, fece notare le parti del corpo che non si erano carbonizzate grazie al tempestivo intervento dei vigili del fuoco. Parte di una gamba e i piedi che erano infilati in calzature fuori dall'ordinario. Terminato il sopralluogo il magistrato non rilasciò alcuna dichiarazione.

La Zanardi intervistò molti dei presenti non raccogliendo alcun elemento particolarmente interessante dato che nessuno aveva visto né sentito nulla, fino a quando l'odore acre del veicolo in fiamme aveva impestato l'aria incuriosendo gli abitanti.

Scrisse un pezzo che finì in un piccolo trafiletto seminascosto nelle pagine della cronaca nera milanese.

Il telefono dell'ufficio continuava a squillare ma nessuno rispondeva.

Dopo alcuni minuti il responsabile del settore andò a verificare per quale motivo non riceveva risposta.

L'ufficio era vuoto.

Lungo il corridoio incontrò Alfa.

"Buon giorno, dov'è il tuo collega?".

"No so, ma non è in ferie?".

"Sì, fino a ieri. Oggi doveva rientrare ma non l'ho ancora visto".

"Provi a telefonare a casa, magari non sta bene".

"Sì, ora lo faccio contattare. Come mai sei qui? Non dovevi essere dall'altra parte di Milano?".

"Certo, infatti sto per andare, sono solo passato a ritirare alcuni documenti che mi servivano, arrivederci".

Non dissero altro e Alfa uscì dalla sede.

L'incaricata tentò di contattare il collega a casa ma il telefono suonava a vuoto, il cellulare era spento.

Non avevano ricevuto alcuna chiamata né un certificato medico.

Il caposettore andò su tutte le furie e si ripromise che l'avrebbe sistemato per bene al rientro in ufficio con un provvedimento disciplinare molto severo.

Le informazioni di Cristina

Alle venti e trenta il nucleo investigativo di Lambrate si ritrovò nella sala riunioni. Lorenzi era intenzionato a non mettere i colleghi al corrente, per il momento, delle valutazioni emerse dal dossier che gli aveva consegnato Cristina.

L'uomo nel camper aveva registrato la conversazione tra la giornalista e il commissario e informato il superiore. Questo aveva messo in allerta il nucleo, bisognava assolutamente verificare cosa avesse scoperto la cronista di Radio Popolare. Lo avevano incaricato di continuare a intercettare e registrare tutta la riunione che si sarebbe svolta quella sera al commissariato.

Gli avrebbero comunicato altri ordini più tardi.

La Esposti, il giovane Rocchi e il vicecommissario si accomodarono.

"Lori e Cabler non ci sono?" chiese Lorenzi.

"Cabler non si è ancora visto, Lori arriverà a minuti" rispose Del Giudice.

Il commissario annuì poi si rivolse ai presenti.

"Mettetemi al corrente su quello che siete riusciti a scoprire in queste ultime ore". Prese fogli e penna e riportò alcuni appunti come era solito fare.

"Inizio io", disse Del Giudice schiarendosi la voce roca da abuso di nicotina.

"Stiamo ancora effettuando i controlli che ha chiesto Matteo riguardo al veicolo che lo ha seguito l'altro giorno, per ora sono venute fuori tre Ford Fiesta con DR come iniziali di targa, una è stata immatricolata in provincia di Palermo, una a Pescara e l'altra a Roma. Tra poco avremo i nominativi dei proprietari e potremo contattarli".

"Noi", prese la parola la poliziotta, "abbiamo raccolto il materiale riferito ai tre decessi sui quali ci hai chiesto di indagare. Ci sono solo due elementi comuni ai tre episodi: il primo è che si tratta di sconosciuti, probabilmente clandestini perché non sono state presentate denunce di scomparsa riferite a individui con le loro caratteristiche somatiche. Il secondo è che non riportano ferite da armi da fuoco né da taglio ma di questo già sapevamo. Il parere dei sanitari è che siano deceduti a causa dei colpi ricevuti in seguito al pestaggio subito. Stasera ci invieranno le cartelle cliniche via mail dalla centrale e potremo essere più precisi".

In quel momento entrò, trafelato, l'agente Cabler.

"Scusate il ritardo ma ho avuto un contrattempo e poi sono rimasto imbottigliato nel traffico".

Si accomodò di fianco a Rocchi.

Mentre discutevano non potevano immaginare di essere sotto il controllo dell'uomo dei Servizi appostato nel camper camuffato ma anche di qualcun altro che seguiva con attenzione lo svolgimento della discussione.

"Quando avremo in mano i referti potremo capire se c'è qualcosa in più", intervenne Giovanna, "di quello che vi ha detto Rocchi. Sicuramente tre casi così simili sono troppi per trattarsi di una coincidenza".

"Per quanto riguarda i due episodi che si sono verificati nella zona dove io opero normalmente posso solo dirvi che non abbiamo rilevato alcuna analogia tra essi e che, per questi motivi, il dirigente ha chiesto l'archiviazione delle pratiche classificandoli come regolamenti di conti tra extracomunitari. Senza voler essere offensivo in alcun modo ritengo che stiate solo perdendo del tempo per cercare qualcosa che altri colleghi hanno già studiato e classificato. Non sarebbe più opportuno che il commissario sentisse direttamente il dottor Zago della mia zona, invece di sprecare il tempo inutilmente? Dovremmo rimanere concentrati sul caso di Shimaiwa o no? Sbaglio?" disse Cabler.

"Cabler, dobbiamo sempre indagare a trecentosessanta gradi sulle cose, può essere che ci sia più attinenza di quanto tu possa immaginare e comunque un buon investigatore non lascia nulla al caso", ribadì duro Lorenzi.

"Sta dicendo che io non sono un buon poliziotto, dottore?".

"Non ho detto questo Cabler… ma siete tutti così permalosi al distretto del Giambellino?". Ci fu una risata generale. Poi non riuscì a finire l'osservazione perché entrò l'agente Lori sorridendo.

"Scusatemi", si rivolse direttamente a Lorenzi, "c'è una quarta auto commissario, un'altra Ford fiesta ma questa è stata immatricolata a Pavia".

Ci fu un moto generale di sorpresa.

"Bene, bene", rispose soddisfatto Matteo, "almeno su questo iniziamo a capire qualcosa, fatti dire immediatamente a chi appartiene. Ottimo, la riunione è sospesa. Prendiamoci qualche ora di riposo e poi riprendiamo le indagini. Potete andare, Enrico e Giovanna fermatevi un momento per una comunicazione di servizio".

Gli agenti uscirono dalla sala riunioni.

I due seguirono Lorenzi nel suo ufficio e si accomodarono davanti alla scrivania del capo.

Giovanna guardava Matteo con uno sguardo di grande intesa e il commissario le rispose con un sorriso celato, non voleva far sì che Del Giudice potesse minimamente sospettare qualcosa della relazione nata tra loro due.

"Dicci tutto", intervenne il vicecommissario.

"Ho ricevuto un dossier con un'analisi dettagliata sui tre casi di cui stavamo parlando in riunione. È uno studio ben fatto, approfondito, con tutti i collegamenti messi in chiaro e con un'analisi sulla presenza di un nucleo di neofascisti sospettato di diverse aggressioni".

Lorenzi aprì il raccoglitore e porse ai due suoi compagni alcune fotografie, articoli di giornale e diede loro una relazione dove venivano messi in relazione alcuni fatti tra loro con delle frecce che ne tracciavano i collegamenti.

Dopo alcuni minuti il vicecommissario si appoggiò allo schienale della sedia e si rivolse a Matteo: "È inquietante".

"Già", rafforzò la Esposti.

"Come avete visto potrebbe essere un caso... ma noi sappiamo per vizio e difetto che la casualità in crimini seriali non esiste", si fermò alcuni secondi. "I tre casi sono stati archiviati con molta fretta, motivazioni generiche, nessuna indagine approfondita e poi... sempre lo stesso magistrato. Il dottor Longhi. Non lo trovate strano tutto questo?".

"Diciamo che conoscendo il comportamento di quel magistrato e delle chiacchiere sul suo conto il fatto che sia passato tutto per le sue mani non mi lascia tranquillo", rispose il vice.

"Appunto. Bravo Enrico. Mi sono chiesto e sono andato a verificare come mai il caso che stiamo seguendo non sia finito nelle mani di Longhi e sapete cosa ho scoperto prima?", strinse gli occhi come fossero due fessure.

"Ho riflettuto sul fatto che le indagini siano state affidate al dottor Grassi e che il giorno dell'omicidio di Kaled il dottor Longhi fosse in ferie...".

"Meno male, almeno su questa indagine siamo più tranquilli", disse Giovanna.

"No, è qui che ti sbagli Giovanna, dopo l'attentato dell'altra notte il questore ha riassegnato tutta la pratica e... indovinate a chi?".

"No, non voglio crederci", si stupì il vicecommissario.

"E invece sì. L'intera pratica è stata assegnata a Longhi e Grassi è stato esautorato. Così ha deciso, il questore in persona".

"Cazzarola", esclamò Del Giudice "ora si che siamo a posto e dovremo pure metterlo al corrente su quello che stiamo facendo".

"Vedremo...", rispose tranquillo Lorenzi.

"Va bene, io vado", disse il vice. "Hai bisogno di un passaggio, Giovanna?"

"No, grazie, mi fermo in ufficio ad aspettare le mail dei referti medici e poi mi muovo da sola".

"Va bene". Enrico lasciò l'ufficio di Matteo.

Una volta soli Giovanna prese la mano di Matteo.

Lo sguardo era dolce, di richiesta.

"Matteo ti desidero, ceniamo insieme stasera, vuoi?".

Lorenzi sentì subito un qualcosa di mascolino annuire nei calzoni.

"Sì, lo voglio anch'io. Vado a casa a studiare meglio questo fascicolo e poi mi passi a prendere, va bene?".

Lei annuì soddisfatta.

Si alzarono e si congiunsero in un lungo bacio sensuale con lingue intercettanti miele e amore nascosto. La poliziotta allungò la mano per frugare sopra i calzoni del commissario e scoprire quanto lui avesse voglia di lei.

Matteo la scostò.

"Vado, a dopo".

Fuori era buio, via Clericetti aveva un aspetto tranquillo quasi assonnato, Lorenzi salì in macchina e si diresse verso casa con la documentazione.

L'uomo si tolse le cuffie e le appoggiò sul piano. "Cazzo, tipo sveglio il nostro commissario". Telefonò e informò il superiore, questi gli disse che avrebbe mandato immediatamente un rinforzo per cercare di capire cosa ci fosse nel dossier.

Vittoria stava passeggiando con il suo enorme cane, lungo le sponde del Naviglio quando ricevette un sms. *Ha scoperto dell'auto.*

La cosa non la preoccupò più di tanto, rispose *È distrutta, non troveranno un cazzo.*

Una volta arrivato a casa decise di dedicare un po' di tempo alla cura di sé.

La Esposti sarebbe passata a prenderlo sul tardi.

Nei giorni precedenti si era trascurato parecchio, la barba lunga, gli occhi stanchi, il volto segnato dalla fatica.

Si guardò allo specchio e vide un uomo davvero orribile.

Mentre l'acqua riempiva lentamente la vasca da bagno dove aveva sciolto una boccetta di sali aromatici regalatagli da Cristina, telefonò alla figlia.

Era troppo tempo che non la sentiva, comunicavano solo via mail e sms.

La ragazza fu felicissima di sentire la voce del padre e gli raccontò le ultime novità dall'università, che gli esami stavano andando molto bene e che a Bologna, nonostante non fosse più la città dal grande fermento politico e sociale di una volta, i giovani cominciavano a ritrovarsi in collettivi, a discutere, a socializzare.

Sentì la figlia particolarmente contenta e questo rasserenò il cuore del poliziotto. Sapeva che stava trascurando troppo i suoi ragazzi.

Dopo la morte della moglie Eleonora li aveva seguiti e cresciuti con amore e pazienza fino all'iscrizione all'università.

Inevitabilmente il trasferimento fuori sede sia del maschio che della femmina, a Trento il primo e nella splendida città felsinea la seconda, non aveva aiutato a mantenere un rapporto stretto tra loro, soprattutto con il maschio dal carattere non facile.

Era quello che più aveva subito il contraccolpo della morte di Eleonora, era legatissimo alla madre e in qualche modo riteneva il padre colpevole di non essersi occupato in modo adeguato di lei e di averla fatta ammalare.

Telefonò anche al figlio.

Quella sera così speciale che lo avrebbe visto uscire con un'altra donna che non fosse Cristina, gli faceva provare una sottile e lancinante nostalgia di famiglia.

È quella sensazione di tristezza che provano i padri quando si sentono colpevoli di aver abbandonato i propri figli.

Per questo motivo li aveva cercati entrambi quel giorno.

Il figlio fu sorpreso dalla chiamata del padre e, passato l'imbarazzo iniziale, gli raccontò della facoltà di Scienza Politiche, dei nuovi amici e anche di una ragazza che aveva conosciuto da poco.

Lorenzi azzardò a chiedergli se gli avrebbe fatto piacere se fosse andato a trovarlo su fino a Trento.

Il giovane esitò un attimo poi accettò, era contento di rivedere il suo "papà", gli avrebbe fatto sapere quando si sarebbero potuti incontrare. Dopo le telefonate la stanchezza del commissario era scomparsa, frugò parecchio tra i suoi vinili e alla fine trovò quello più adatto alla serata *Fragile*[6] degli Yes. Iniziò a ballare lentamente sul pavimento in legno della sala mentre si spogliava gettando i vestiti in giro, poi s'infilò nella vasca sprofondando nella schiuma con gli Yes "intorno" seguendo il ritmo della musica con un sigaro a tratteggiare l'aria al ritmo del progressive.

E il sigaro… non lo fumava praticamente mai se non in occasioni assolutamente speciali.

Si preparò al nuovo incontro con la collega, indossò un completo color blu scuro che lo dimagriva di molto, sorprendendosi di riuscire ancora ad entrarci.

Ora era pronto, pulito, sbarbato, profumato… si guardò allo specchio e vide che non era più orribile come prima. Aprì un cassetto del comodino, alcuni preservativi lo "osservarono" curiosi, ne prese uno poi ci ripensò e ne aggiunse un altro.

Chiuse la porta di casa, inserì l'allarme e scese in strada. Voleva farsi trovare pronto.

La Esposti arrivò puntuale, Lorenzi aprì la portiera e saltò dentro l'autovettura quasi con un balzo felino e picchiò violentemente un ginocchio contro il duro cruscotto dell'auto. Partì un'imprecazione violenta.

Giovanna non riuscì a trattenersi dal ridere. Lorenzi era offeso e si teneva la gamba dolorante che pulsava come una ferita infetta.

Lei allungò una mano e cercò la delizia nascosta del commissario.

"Piccolino… lui", disse teneramente, "è arrabbiato".

Strana tipa l'agente Esposti. Chi l'avrebbe mai detto che quella poliziotta così determinata, forte, quasi mascolina rivelasse una femminilità così prorompente e una natura così dolce allo stesso tempo.

Dobbiamo anche dire che Matteo ne era sicuramente attratto e sessualmente aveva trovato perfetta armonia con lei ma il pensiero di Cristina rimaneva lì inchiodato nelle pareti del suo cervello.

In pochi minuti furono in via Ampere, una pizzeria gestita da una famiglia di egiziani, un locale dove Lorenzi si recava ogni tanto con il collega Del Giudice.

Sotto il tavolo, durante la cena, Giovanna insistette parecchio a solleticare il commissario che un po' gradiva e un po' no. Tipo complicato 'sto Lorenzi.

L'uomo compose il numero del suo superiore.

"Il commissario è uscito da dieci minuti. Quali sono gli ordini?", chiese.

"Devi coordinarti con... che li tiene sotto controllo. Entra in casa e verifica la documentazione della giornalista, fotografa tutto il materiale".

"D'accordo".

Chiuse la comunicazione e appoggiò la testa contro il sedile muovendola con uno scatto secco prima a destra e poi dall'altro lato per sentir scrocchiare le vertebre, era perseguitato da una fastidiosa cervicale che a volte lo metteva fuori gioco per ore.

Il rumore gli fece venire in mente la sensazione di ossa del collo spezzate, rabbrividì al pensiero.

Dopo aver ricevuto il via libera dal collega che era al ristorante dove cenava la coppia aprì il portone e salì con precauzione fino all'appartamento di Lorenzi. Lo stabile era di quelli costruiti nei primi anni sessanta, caratteristica di Lambrate e di buona parte dei quartieri periferici della città. Nel palazzo risiedevano soprattutto persone anziane, i giovani di fine anni cinquanta oramai invecchiati come i muri delle case che li ospitavano.

Un paio di giovani coppie all'ultimo piano, parenti di qualche vecchio partito per l'ultimo viaggio che aveva lasciato loro l'abitazione in eredità.

Di sera e durante la notte il movimento per le scale era pressoché inesistente.

Arrivato sul pianerottolo disinserì l'impianto di allarme con un piccolo apparecchio in loro dotazione capace di individuare i codici ed entrò senza forzare la serratura. Era un esperto, nella loro squadra era soprannominato "spadino" proprio per questa sua capacità, un vero professionista.

Vide che il commissario aveva lasciato le tapparelle alzate e questo lo costrinse a ispezionare l'ambiente solo con una piccola torcia. L'appartamento era pervaso da un esagerato odore di dopobarba o acqua di colonia misto a un forte odore di tabacco.

Alla fine trovò il fascicolo, lo prese per appoggiarlo sulla penisola della cucina ma incespicò in qualcosa che gli si era infilato nei piedi. Per poco non cadde per terra. Un paio di calzoni e vicino un paio di boxer "Ma che cazzo fa questo? Lascia tutto sparso per casa?" pensò.

Quella distrazione non gli fece notare che il fascicolo, appoggiato senza cautela, aveva urtato leggermente il posacenere facendo rotolare per terra il mozzicone del sigaro. Raccolse tutti gli elementi che gli erano stati richiesti, inserì una microcimice sotto la penisola in legno proprio dove c'era l'attaccatura vicino ai cassetti, un punto praticamente invisibile, e abbandonò l'appartamento dopo aver reinserito l'allarme.

Lorenzi si alzò per andare in bagno. Quando rientrò nella sala, per un istante incrociò lo sguardo attento di un uomo seduto vicino alla porta intento a mangiare una pizza. Si era trattato di una frazione di secondo, un attimo, ma il commissario provò una strana sensazione.

Si avvicinò a Giovanna che stava armeggiando con il cellulare e le baciò il collo. L'altro uomo teneva la testa bassa sul piatto.

Matteo le baciò ancora il collo più vicino all'orecchio.

"Ehi, come siamo lanciati stasera", disse lei prendendogli il viso con le mani.

"Fai finta di niente. Dopo fammi qualche foto come fanno gli innamorati ma prendi quel tipo laggiù, vicino alla porta", sussurrò all'orecchio di Giovanna.

Lei si voltò verso di lui e lo baciò sulla bocca, annuì.

Poco dopo, all'arrivo dei piatti, Lorenzi si mise a scherzare rumorosamente con la sua compagna: "Guarda, guarda che bel piatto orientale. Dai fammi un po' di foto", disse ridendo e invitò anche il titolare a posare con lui.

Giovanna aveva già predisposto l'obiettivo avvicinando la porta e fece alcuni scatti che sembravano immortalare il viso di Matteo sorridente mentre indicava le cibarie, in realtà riprese il tipo.

L'uomo ricevette una telefonata, finì rapidamente il pasto e si allontanò.

"Capito?", disse Matteo a Giovanna.

"Credo tu abbia ragione".

"Certo che ho ragione, sono pedinato. Il problema è scoprire il perché".

L'impressione, o meglio, la certezza di essere controllato trasformarono la serata da piacevole in investigativa. L'aura sentimentale sessuale scomparve e i preservativi dovettero rinunciare al compito di intercettatori di prole.

Rientrati a casa del commissario i due non erano più in fase amorosa.

Dopo aver chiesto a Giovanna di parlare di cose futili ad alta voce Lorenzi controllò l'appartamento. Venti minuti dopo mostrò la posizione della cimice alla poliziotta, prese della bambagia e la incollò sul piccolo aggeggio elettronico, in quel modo l'ascolto sarebbe diventato praticamente impossibile a chiunque. Lo scopo era quello di costringerli a ritentare di entrare in casa. Vide il sigaro in terra e non vi fu più alcun dubbio.

Giovanna si fermò a dormire da lui, gli stette incollata addosso quasi tutta la notte. Lorenzi dormì poco. Nella penombra della camera i pensieri continuavano a ronzare intorno a tutto quello che stava accadendo in quei giorni. Non fecero l'amore ma al mattino la donna, tutta scompigliata dal sonno, decise di salutare il commissario con un amplesso coinvolgente.

Una giornata triste per Milano

I funerali di Kaled Shimaiwa furono molto partecipati.

La cerimonia triste e dolorosa. Una folla immensa fatta di volti di tutti i colori si era radunata a Lambrate paralizzando alcune vie del quartiere.

Anche i media erano presenti dato tutto il casino che si era verificato nei giorni precedenti.

Il magistrato aveva ordinato la restituzione del corpo alla famiglia e diverse donne della comunità avevano aiutato Layla a lavare, pulire e ungere il corpo.

Per Sailinì fu tutto molto più complicato, era rimasto ben poco.

Layla non aveva voluto saperne di tenere lontani e protetti i bambini e li aveva fatti assistere alla parte meno cruenta e più amorosa della preparazione di Kaled quando tutto profumato veniva avvolto in bianchi sudari con il volto scoperto.

Era stata molto netta e decisa sia con le donne che con l'Imam che era stato rilasciato: "Devono ricordare tutto, devono memorizzare il viso e la partenza del loro padre, che osservino, che sappiano, che ricordino, sempre".

L'Imam era davvero sorpreso dal coraggio di quella donna così diversa dalle altre e ne ebbe stima.

Una parte dei cronisti teneva un basso profilo e riprendeva in modo discreto, alcuni delle reti Mediaset inviati solo per amplificare l'evento infastidivano i presenti con l'ingerenza esagerata delle loro telecamere.

Dopo che i giovani arabi ebbero fracassato una telecamera, di quelle tra le più costose, e rotto due denti, senza farsi riconoscere, ad un corrispondente che si ritrovò per terra sanguinante senza capire cosa fosse successo anche i giornalisti delle televisioni di Cologno si adeguarono alla situazione.

La Zanardi de "Il Giorno" si avvicinò a Cristina e le tese la mano.

"Salve Petruzzi, come stai? È da tanto che non ci vediamo".

"Oh cara, Alessandra, ciao. Come stai? Che piacere rivederti, quanto tempo... ci incontriamo proprio in un brutto momento".

"Sto bene, si è un vero disastro, la città rimarrà ferita a lungo. A proposito dopo vorrei parlarti di un episodio che sto seguendo al Giambellino...".

Spiato

Si ritrovarono insieme a prendere un caffè al bar ad angolo con via Beruto.

Lorenzi aveva invitato la Esposti, Rocchi e il vicecommissario.

Lori era stato inviato, come capopattuglia, a controllare i funerali di Shimaiwa con la massima discrezione e a distanza di sicurezza.

Non aveva accettato di buon grado.

Una volta seduti a un tavolo del bar Matteo raccontò della scoperta della microspia, sorvolò sulla presenza di Giovanna nel suo appartamento e la donna gliene fu grata.

Spiegò che la cimice era ancora in casa e della foto dell'uomo che lo pedinava al ristorante.

"Non c'è dubbio che ho attirato l'interesse di qualcuno. Non so bene il motivo ma se vogliamo immaginarne uno non può che essere quello relativo alle indagini in corso sull'omicidio del panettiere. Non vedo altre spiegazioni. Effettivamente questa storia è strana, ci sono elementi che non quadrano. Un assassinio commesso in modo particolare, nessun movente chiaro, la fretta nell'archiviazione di casi simili, il casino scoppiato con la comunità araba, l'attentato al negozio... stiamo girando intorno a qualcosa che dà molto fastidio a qualcuno". Sollevò la tazzina del caffè. "Qualche idea? E c'è dell'altro", proseguì, "novità di ieri sera. Ho analizzato i referti medici che in due casi sono stati eseguiti dal dottor Nelli. Il collega insiste, nel rapporto, che due delle vittime sono decedute a causa del violento pestaggio a cui sono stati sottoposti e qui viene il bello, Nelli ritiene che si sia trattato di un pestaggio scientifico, fatto da gente esperta, gente che sa dove e come colpire, professionisti... persone che decidono se colpire per avvertimento oppure per uccidere. Nei referti

Nelli ha riscontrato anche molte similitudini nei segni lasciati sui cadaveri".

Rimasero in silenzio a riflettere, assorti. Il caffè rappresentava una pausa di riflessione nel ragionamento mentale del nucleo, proteso alla ricerca della verità.

"E del terzo caso cosa ci puoi dire?", chiese Del Giudice.

"Il terzo è stato affidato ad un altro medico che ha refertato in modo molto generico, su questo non abbiamo elementi certi".

"Dovremmo far riesumare la salma allora", intervenne Giovanna.

"Le salme", rispose Lorenzi. "Questo è quello che dovremmo fare e che un magistrato di buon senso autorizzerebbe senza esitazioni...".

"Ma purtroppo c'è Longhi..." disse il vicecommissario.

"Già, dovrei andare più in alto, dal questore al quale, tra l'altro, non sono per nulla simpatico. L'altro giorno mi ha fatto una lavata di testa senza dire quasi una parola".

"Stiamo smuovendo un vespaio", affermò la Esposti.

"E c'è il rischio di pungersi...", confermò Del Giudice.

Lorenzi si rivolse a Rocchi: "Ascoltami bene, tu sei un buon informatico. Pensa a chi potremmo rivolgerci per capire qualcosa in più della cimice che hanno installato da me. Ci vuole un collega esperto, affidabile e discreto che possa, senza suscitare l'attenzione di qualcuno, venire a controllare anche nel mio ufficio e nella sala riunioni. Al punto in cui stanno le cose potremmo anche essere controllati dall'interno". Senza rendersene conto Lorenzi prese la mano della Esposti. "Giovanna indaga discretamente su quell'agente, diciamo così poco simpatica, che ci hanno assegnato, la Segamo e anche sui suoi due colleghi. Potrebbe esserci un elemento dei Servizi tra noi e voglio capire se può essere uno di loro visto che non li conosciamo".

Giovanna non ritrasse la mano e Del Giudice se ne accorse provando un certo fastidio, non erano in molti a sapere che nonostante fosse felicemente sposato, Enrico nutriva una nascosta passione per la bella collega.

La Esposti vide lo sguardo strano del vice e ritrasse la mano da sotto quella di Lorenzi. Le si imporporarono le gote.

Al vice questa cosa non piacque proprio per niente.

Matteo proseguì rivolto a Rocchi: "Fai in modo di installare una telecamera da me, controlliamo se qualcuno prova ad entrare, quando vedranno che il microfono non funziona qualcosa dovranno pur fare".

Rocchi annuì convinto.

I tre uscirono, Lorenzi rimase ancora un po' nel bar a leggere distrattamente i quotidiani. Era soddisfatto del suo nucleo, dei suoi collaboratori. Erano bravi investigatori, gente in gamba, affidabile, una certezza nel delicato lavoro quotidiano. Seri, sani e democratici. Gli piacevano e poi Giovanna...

Il commissario era incerto sul come cercare di ottenere l'autorizzazione del magistrato a riesumare le salme, quel viscido di Longhi non gliel'avrebbe mai concessa. Telefonò a Nelli e chiese di poterlo incontrare subito all'Istituto di Medicina Legale lì vicino.

Nelli acconsentì. Sotto quel carattere burbero e irascibile il medico provava una grande ammirazione per quel commissario tignoso che non mollava mai l'osso e che insisteva, a volte contro ogni ragione, a cercare la verità negli accadimenti. Nelli era un democratico e la pulizia morale di Lorenzi lo aveva portato a stimarlo.

Il commissario decise di andare da lui a piedi rifacendo all'indietro la strada che aveva percorso per l'ultima volta Kaled in quella dannata sera piovigginosa. Ogni tanto si fermava a riflettere, a osservare, a cercare di entrare nello spirito e nei pensieri della vittima o dell'assassino per immedesimarsi, per provare quello che potevano aver provato loro.

Nelli lo accolse nel suo solito modo sgarbato.

"Commissario le sembra mai possibile che io debba modificare la mia giornata per star dietro a uno sbirro scassa marroni come lei? Sempre a chiedere, a chiedere, a pretendere... non se ne può più".

Lorenzi gli sorrise e aprì la cartellina che si era portato dietro.

"Ecco, questi due li ha refertati lei molti mesi fa, le foto non sono molto chiare. Il rapporto è interessante in riferimento alle indagini che stiamo eseguendo. Seguiamo una pista ma ho bisogno che lei provi a ricordare, a sforzarsi. Ho necessità di capire se, secondo lei, potrebbero essere stati uccisi dalla stessa mano".

"Ma cosa vuole che mi ricordi con tutto lo scempio che sono costretto a vedere ogni santissimo giorno?", rispose alzando la voce il medico poi gli strappò la cartellina. "Dia qua! Non perdiamo altro tempo che ho da fare".

Osservò per alcuni minuti le foto e rilesse i referti poi aprì un cassetto di un raccoglitore di metallo dal colore smorto, come le pareti dell'ufficio, e tirò fuori altri documenti.

Si mise seduto e Lorenzi si avvicinò all'unica finestra che dava su un cortile grigio e desolato, in perfetta sintonia con il lavoro triste che si svolgeva lì dentro. Nelli borbottò qualcosa e il commissario andò a sedersi di fronte a lui.

"Ecco. Senta cosa le dico. È la mia opinione personale. Il magistrato mi pare abbia poi archiviato le pratiche senza prendere in considerazione il mio sporco lavoro. Questi signori in doppio petto buoni solo a scartocciare fogli. I due poveretti che ho sezionato avevano ferite simili, rottura dello sterno e delle costole, nessun colpo in testa, massacrati internamente come se fossero stati passati in un tritacarne, non c'è casualità in quei colpi. Precisi, secchi, duri. Nessun bastone, nessun coltello, niente... solo mani. Mani cattive, mani addestrate, mani violente. Vede questa foto?", e mostrò la foto del petto di un uomo con il colore della morte. "Qui ci sono segni simili a quelli di quel ragazzo morto pochi giorni fa...".

Lorenzi si piegò in avanti sulla sedia facendo il gesto di voler dire qualcosa ma Nelli lo bloccò.

"Commissario, non sono mica un fesso, lo so cosa vuole sentirsi dire e l'anticipo io per primo. Vuole sapere se le ferite dei due uomini che ho analizzato mesi fa sono compatibili con le ferite di quell'egiziano? Ebbene sì, ma questa è la mia opinione personale, non di quel buffone di magistrato, ma, dato che capisce tutto lui... non mi faccia parlare, commissario".

Per Matteo fu la conferma di quanto si era immaginato.

Nessuna casualità ma un'analogia costante.

Uomini spietati che uccidevano in quel modo violento a mani nude, quasi uno spregio alla persona che subiva la loro aggressione. Doveva essere qualcosa che avesse anche a che fare con il piacere di sentire la carne e le ossa della vittima spezzarsi proprio sotto la furia delle proprie mani.

Un che di carnale, di bestiale, orrido.

Rabbrividì al pensiero anche se ormai non si stupiva più di nulla, il loro era un mestiere, per certi versi, davvero infame.

Occuparsi ogni giorno della parte peggiore dell'umanità.

Provò un senso di vertigine e stanchezza, sarebbe davvero stato in grado di continuare quel mestiere fino alla pensione?

"Beh, commissario, ha perso la parola?".

Lorenzi riprese contatto con la realtà.

"Caro Nelli, posso dirle una cosa con estrema franchezza?".

"Prego commissario, s'accomodi..." rispose lui appoggiandosi allo schienale che ne conteneva a malapena la mole.

Lorenzi si alzò, raccolse i documenti, chiuse la cartellina.

"È proprio un mondo di merda" e uscì senza salutarlo.

Nelli spalmato sulla sedia, sorrise, aprì un cassetto, tirò fuori un sigaro cubano e lo accese assaporando con piacere il gusto del tabacco rivoluzionario proveniente dalla terra di Fidel Castro.

Quel commissario gli piaceva proprio.

Giovanna si alzò vedendolo rientrare in ufficio.

"Devo dirti una cosa", lo fermò nel corridoio.

"Dimmi, vieni", fece lui aprendo la porta dell'ufficio.

Lei lo prese per un braccio e lo fermò.

"No, non lì".

"Hai ragione, vedi? Me n'ero già dimenticato. Non posso più stare tranquillo nemmeno nel mio ufficio".

Giovanna lo accompagnò alla macchina del caffè dove non c'era nessuno.

Del Giudice li vide passare attraverso la porta aperta del suo ufficio e non gradì la cosa.

Giovanna gli parlò con un tono di voce sommesso.

"Ho controllato subito il profilo dei nuovi agenti. Ho violato il regolamento e questo temo mi costerà il posto se dovessero scoprirlo. Hai ragione c'è qualcosa che non torna. Ascoltami con attenzione. Per sommi capi, poi ti consegno un rapporto. Benito Remigi, orfano, entrato nella Mobile di Pavia otto anni fa. Non c'è traccia dell'esito del concorso, mancano documenti che attestino il curriculum. Due anni fa è stato trasferito al commissariato del Lorenteggio-Giambellino. Tre provvedimenti disciplinari per eccessi in servizio, una volta a San Siro durante un tafferuglio tra tifosi, mentre negli altri due episodi era addetto ai controlli stradali. Non uno straccio di documento che chiarisca chi è, un dossier molto generico, vago. Non è né sposato, né separato e nemmeno fidanzato. Non c'è nulla sulla sua vita. Troppo vago".

Lorenzi seguiva con attenzione le informazioni che gli passava la collega.

"Renato Cabler, quarant'anni, esperto in arti marziali. Ha studiato in un liceo milanese, si è poi laureato a pieni voti. Entrato con concorso regolare e assegnato per alcuni anni alla mobile di Pavia. Quattro anni fa trasferito anch'egli al Lorenteggio-Giambellino e messo in una pattuglia volante, prevalentemente in coppia con il Remigi. Nessun caso disciplinare a suo carico ma era presente nei due episodi contestati al primo. Lo ha difeso facendogli ridurre le sanzioni disciplinari. In entrambi i casi erano da soli e per questo motivo i fatti sono stati derubricati e non inviati alla sede centrale".

"Bei personaggi... e della Segamo cosa mi sai dire?".

"È così strano Matteo... il fascicolo personale della Segamo non sono riuscita a trovarlo, risulta prelevato un anno fa, c'è una firma illeggibile e non c'è uno straccio di autorizzazione al prelievo dell'incartamento. In pratica è sparito... Ti sembra possibile?".

"Non credo più alle coincidenze da molto tempo".

"Infatti".

"È una questione delicata. Siamo spiati e questi agenti che girano da noi hanno tutti e tre in comune diversi elementi, qualcuno di loro potrebbe appartenere ai Servizi. Per il momento non dire nulla nemmeno a Enrico, lo vedo molto nervoso. Non voglio metterti nei guai, fai in modo di rimettere tutto in ordine e che nessuno possa capire che hai consultato quello che non potevi, devo trovare il modo di capire qualcosa in più. Potrebbe essere uno di loro che ci controlla, sarebbe facile, semplice. Addirittura presente alle riunioni del nostro nucleo". Inserì la chiavetta nel distributore e selezionò un caffè: "Se non mi sbaglio quel Cabler aveva detto qualcosa di strano una delle ultime volte, se ricordo bene".

"Sì, sì, non era convinto della direzione delle indagini".

"Brava, ecco, potrebbe proprio essere lui l'infiltrato. Un bel problema, non saprei a chi rivolgermi per avere conferma se fa parte dei Servizi o meno. Credo che dovrò affrontare di persona il questore. Lasciami sulla scrivania queste informazioni".

"Auguri..." disse lei mostrandogli un bel sorriso sano.

Del Giudice fece capolino sulla porta del suo ufficio voltandosi in entrambe le direzioni per controllare il corridoio e vide Giovanna che confabulava confidenzialmente con Lorenzi, si voltò e rientrò indispettito.

Lorenzi lesse e rilesse le informazioni sui due agenti e decise cosa fare, era illegale ma lo avrebbe fatto comunque e da solo. Rocchi lo informò in codice che la sua casa ora era monitorata. Il commissario rifletteva teso ma parzialmente soddisfatto quando Del Giudice entrò con irruenza nell'ufficio facendolo sobbalzare.

"Enrico! Ma che diamine...".

Il vicecommissario si avvicinò pericolosamente a lui con il dito puntato.

"Avanti! Cosa c'è tra te e Giovanna? A me puoi dirlo".

Lorenzi spalancò gli occhi sorpreso: "Ma che caz... cosa stai dicendo Enrico, ti ha dato di volta il cervello?".

"La devi lasciar stare, hai capito? Pensa a Cristina tu!".

Matteo era sbalordito, Del Giudice uscì dalla stanza sbattendo rumorosamente la porta.

"Ma cos'hanno tutti in questo cazzo di posto... ci mancava pure la gelosia di Enrico, ma vaffanculo va", si alzò furibondo e uscì a fare due passi allargando le braccia e dissociandosi da quell'atmosfera cretina.

Magistrati & *magistrati*

Due ore dopo era davanti all'ufficio del magistrato, il dottor Longhi.

Dio sa quanto non avrebbe voluto esser lì.

Ogni volta che si aveva a che fare con quell'uomo sorgevano problemi.

Arrogante, presuntuoso, indisponente, saccente... erano innumerevoli gli aggettivi che si potevano usare per quel personaggio, un vero dizionario della negatività fatta in persona.

Lorenzi era deciso a non scavalcare le gerarchie e prima di andare dal questore preferì recarsi dal responsabile del procedimento.

Dopo mezz'ora di anticamera Longhi lo fece accomodare.

Il magistrato era seduto ad un grande tavolo di cristallo posto lateralmente alla scrivania, intento a lavorare sul computer.

Si alzò per dare la mano al commissario.

A Lorenzi parve di stringere una sogliola: fredda, bagnata, viscida, inerme.

Spesso alcune caratteristiche della personalità di un individuo si possono cogliere anche da una semplice stretta di mano, in questo caso il cadavere della sogliola era una valida rappresentazione.

Longhi era un uomo alto, di corporatura media, né grasso né magro.

Portava gli occhiali, i capelli brizzolati erano tirati all'indietro con il gel.

Vestiva da gangster e questo urtava sempre la sensibilità di Matteo.

Un vestito grigio scuro a righe bianche verticali con tanto di gilè e collanina per l'orologio a cipolla infilato nel taschino.

Le scarpe in cuoio nero con ricami bianchi intorno, come se avesse le ghette.

"Avanti commissario, mi dica cosa la porta qui. Ho ricavato un buco tra i miei impegni giusto per lei, spero che sia qui per qualcosa di davvero importante" e marcò il "davvero".

Lorenzi vide nel riflesso sulla finestra che il computer aveva lo schermo verde con le icone di carte da gioco sparse.

"Idiota, ecco quant'è impegnato", pensò.

"Allora?", insisté Longhi. "Non ha nulla da dirmi?".

"Dottore sono qui per chiederle di autorizzare la riesumazione delle salme di alcuni individui che hanno, a mio parere, attinenza con il caso del quale ci stiamo occupando".

"Intende quel panettiere nordafricano?".

"Esatto, Kaled Shimaiwa, il caso di omicidio in via Peroni da noi a Lambrate".

"Omicidio? Rammento che si era parlato di rissa o qualcosa del genere".

"Dottore ho il ragionevole dubbio che non sia così. Crediamo, credo, che l'uomo sia stato assassinato di proposito e temo per motivi di carattere razziale…".

"Che parole grosse Lorenzi! Ma lei si rende conto che l'opinione pubblica deve stare tranquilla? Siamo i primi noi a non dover sollevare polveroni su vicende che sono sì, ahimè, dolorose ma che rientrano negli episodi di delinquenza marginale, guerra tra poveri, sofferenza da mancata integrazione, invidie… chissà quanti connazionali del Shimaiwa gli invidiavano quel bel negozio andato in frantumi. Abbiamo enormi responsabilità. Prima di fare certe affermazioni dovremmo pensarci non una, ma cento volte. Si rischia di innescare processi di rabbia collettiva verso altri obbiettivi sviandoli dalla realtà… poi lei è diretto testimone di quello che può accadere. Le hanno assaltato il commissariato, mi pare…".

"Dottore quello che vorrei farle capire è che potrebbe esserci un unico movente dietro ad una serie di delitti che lei ha seguito", insistette Lorenzi.

"Potrebbe è una parola generica e dubitativa. Lei ha delle prove concrete da mostrarmi per indurmi a pensare di darle un'autorizzazione del genere?".

“Veramente…”.

Longhi non lo fece finire di parlare: “Ah, ecco, non c’è nulla di concreto… immaginavo. Oggi sono di buon umore e voglio venirle parzialmente incontro, mi dica di chi si tratta”.

Lorenzi consegnò un biglietto con i codici identificativi delle tre pratiche dato che non erano stati riconosciuti, pensò bene di non spiegare troppo a quell’uomo.

Il magistrato armeggiò al computer e poi rese il biglietto al commissario.

“Non posso aiutarla Lorenzi, anche se volessi”.

“Cosa vuol dire? Che non vuole autorizzare la riesumazione?”.

“Non è che non voglio, semplicemente non posso. Due di quei poveretti, sono stati cremati al cimitero di Lambrate…”.

Per Lorenzi questo fu un duro colpo: “Cremati? Ma non è un protocollo usuale, per quale motivo è stato fatto?”.

“Non lo chieda a me, non ne ho la più pallida idea, occorre capire chi ha poi seguito le vicende dopo l’archiviazione… le ripeto lasci perdere, si preoccupi di stare sul pezzo, cercare quel disgraziato o quei disgraziati stranieri che hanno ucciso quel pover’uomo e non faccia voli pindarici. Lei deve aver visto molti film gialli, commissario”.

Se avesse potuto gli sarebbe saltato alla gola.

“Insisto dottore, ci autorizzi alla riesumazione del terzo cadavere che le ho indicato”.

Longhi consultò, o fece finta di farlo, il computer.

Poi rispose a Lorenzi.

“Vorrei aiutarla ma di quest’ultimo si son perse le tracce”.

“Come?”.

“Svanito, Lorenzi. Scomparso, puff, nel nulla”, disse allargando le dita di entrambe le mani. “Qui c’è scritto che il cadavere è stato trafugato dal luogo in cui era conservato” e assunse un’aria desolata, profondamente dispiaciuta.

“Questo non le dice nulla? Non le pare strano che un cadavere di uno sconosciuto possa sparire così?” chiese duro Matteo.

“Ripeto, lei probabilmente legge anche troppi polizieschi… qualcuno che lo conosceva sarà riuscito a trafugare la salma, forse per seppellirla secondo le loro usanze. Chi può saperlo? Ora direi che la conversazione può considerarsi conclusa, ho altri impegni Lorenzi, non abusi della mia pazienza".

Matteo si alzò in piedi: "Certo, certo, lei è impegnato, molto, vedo", e indicò il computer. "Non pensa mai a queste persone, questi uomini, queste donne, alle loro vite? A cosa provino a venire fin qui in cerca di una speranza?".

"Non sia retorico con me Lorenzi e non faccia il sinistroide che la conosciamo...", rispose velenoso. "Lei li chiami pure individui, persone... io li chiamo disgraziati. È la ruota della vita... e non dimentichiamoci che spesso sono piccoli criminali, spacciatori, delinquenti comuni. Lei si è messo in testa di cercare qualcosa che non esiste, cerca purezza e troverà delusione. Ascolti il mio consiglio, cerchi quei disgraziati, arabi, che hanno tolto un padre a quei piccoletti e la smetta di fantasticare su chissà quali complotti...".

Lorenzi era furibondo ma riusciva ancora a contenersi, non sopportava di essere preso per il culo in quel modo. Puntò l'indice verso il magistrato.

"Sa cosa penso di lei, dottor Longhi?".

Il magistrato lo bloccò all'istante "Si fermi lì e farò finta di non aver sentito le sue minacce, se dice ancora una parola farò in modo di farle togliere l'incarico, vuole questo da me?".

Il commissario uscì sbattendo la porta.

Fuori c'era Cristina ad aspettarlo e lui non poteva immaginarlo.

Longhi compose un numero per informare altri dell'"insistenza" di Lorenzi.

"Matteo!".

Il commissario si voltò sorpreso.

Cristina, la sua Cristina era lì. Splendente nella sua superba bellezza di donna matura ma con i lineamenti e le carni ancora giovanili.

Gli sorrise e si avvicinò.

Lorenzi non fece in tempo a provare imbarazzo perché era ancora alterato per l'incontro con il magistrato.

"Cristina, cosa ci fai qui?".

"Sono passata in commissariato a cercarti e mi hanno detto che forse avrei potuto trovarti qui. Ho provato a chiamarti ma hai il cellulare spento".

Si frugò nelle tasche e tirò fuori il telefonino. Spento.

"Prendiamo qualcosa insieme? Devo raccontarti una cosa che ho saputo oggi ai funerali da una giornalista de 'Il Giorno'...".

La cronista raccontò del ritrovamento di una autovettura semidistrutta vicino al ponte della Ghisolfa, che all'interno era stato ritrovato un uomo parzialmente carbonizzato, che lì vicino c'erano accampati dei rom. Poteva anche trattarsi di una coincidenza ma in quei giorni le coincidenze a Milano parevano esser diventate davvero troppe. Una baracca dove erano accampati dei rom era completamente bruciata e solo per pura casualità i bambini non erano stati coinvolti.

"Ho pensato di dirtelo perché lo sai come la penso su quello che sta accadendo, anzi lo puoi immaginare dato che non ci parliamo più da un po'".

Metteo chiuse gli occhi per respirare quel profumo particolare, quel misto tra fragranza francese e l'odore dolce e particolare del corpo di Cristina.

Inspirava e rivedeva la loro storia, i pericoli corsi insieme, la prima passeggiata al Parco Lambro, quella in cui lei aveva iniziato a svelargli i segreti della sua anima, l'amore in montagna tra la neve, la musica dei Led Zeppelin... Sentiva la pulsazione vitale della donna, certo Giovanna era una donna altrettanto bella, piacevole, sensibile ma Cristina era molto di più.

Era il pianeta dove perdersi e lasciarsi andare per sempre, fino alla fine.

"Matteo, Matteo", lo scosse con la mano. "Mi stai ascoltando?".

"Sì, ti ascolto. Sempre...".

Lo disse con una tale semplicità e pacatezza, osservandola nel profondo degli occhi color del mare, che la donna provò tuffo al cuore, simile a quel ribollire di palpiti aritmici che a volte ti toglie il fiato fino a farti barcollare e una volta passato non capisci da dove possa esser mai arrivato.

Una lama di luce stava riesplodendo nella loro storia. Di nuovo.

Club Azione Audace

C'era molta agitazione quella sera nel locale. Si sarebbe esibito un gruppo proveniente direttamente dall'Ungheria, terra dove i loro ideali stavano tornando a volare alto. C'era tanta gente, muscoli esposti, teste lucenti, ostentazione di forza machista.

Vittoria aspettava Alfa seduta in un angolo appartato del locale, sempre rivolta verso la porta, erano stati addestrati molto bene. La precauzione e la cautela non erano mai troppe, non sedersi mai dando le spalle all'ingresso per non essere colti di sorpresa.

A parte "Il Giorno" e "Il Corriere della Sera" gli altri quotidiani non avevano posto alcuna attenzione particolare sull'episodio del cadavere carbonizzato. La cronista de "Il Giorno" riportava nel suo articolo alcune considerazioni su possibili collegamenti tra quel fatto e l'ondata di tensione razziale e proteste che si era verificata nella città. Vittoria provò un certo fastidio. "Alcuni giornalisti sono proprio dei ficcanaso". Prese un'agendina, si annotò il nome della giornalista, strappò i trafiletti dai giornali e li mise via.

Un enorme boccale di birra troneggiava davanti a lei.

Si era vestita con un completo di pelle, anzi si era "svestita di pelle", i capelli biondi le cadevano sulle spalle nude dove solo un invisibile filo di cuoio nero le tratteneva un reggiseno rigido, in stile sadomaso, talmente piccolo che il seno pareva fuoriuscire per intero. Un pantalone aderente la fasciava facendo risaltare le curve sode del corpo molto più di quanto fossero in realtà, i pantaloni erano composti da tante strisce laterali intervallate dalla carne pallida della donna. Indossava degli anfibi militari con la punta rinforzata.

Non indossava slip perché al suo compagno piaceva molto veder risaltare le labbra della vagina gonfie, strette e sporgenti a suscitare l'attenzione degli altri. L'uomo arrivò dopo circa dieci minuti vestito con un completo in pelle scura con un cappello come il cantante dei Queen in un famoso concerto, i baffetti curati s'intonavano alla perfezione all'immagine maschia che voleva dare.

La donna lo baciò con passione tirandogli indietro la testa con una mano dalle unghie smaltate d'inchiostro e gli salì sopra.

"Ehi, che c'è?" chiese lui.

"Ho voglia di farmi scopare per bene".

Lui rise: "Sono d'accordo che bella accoglienza, dopo il concerto andiamo a casa tua e...".

"Un cazzo andiamo da me, prima mi sbatti nel bagno e quando non c'è più nessuno mi monti qui sul tavolo davanti a quei camerieri di merda, voglio farli impazzire dal desiderio...".

Quanto le piaceva quella donna, dura, tosta, forte. Non aveva paura di niente e di nessuno, allo stesso tempo, era anche una porca tremenda che lo faceva godere come nessun'altra.

Vittoria tornò a sedersi nell'oscurità del locale lasciando il suo compagno troppo contratto in quei pantaloni stretti.

"Prima che tu arrivassi stavo leggendo i giornali. Nessuno si è soffermato più di tanto su Gladio e le dichiarazioni sono completamente fuori strada. Solo una stronzetta de "Il Giorno" è andata ad approfondire la faccenda, dovremo avvertire il capo affinché qualcuno la tenga d'occhio".

"L'avrà già letto, fosse per me brucerei i giornali con tutti i giornalisti dentro".

La donna rise forte, scrollò i capelli e mandò giù mezzo boccale in un sol colpo: "Ti piace il fuoco eh? Hai visto che bel falò l'altra sera?".

L'uomo divenne serio, le prese la mano e la fissò negli occhi: "Sai una cosa? Non so se abbiamo fatto poi così bene a chiudere in quel modo, potevamo anche trovare un'altra soluzione, mi spiace molto per Gladio".

Lei ritrasse la mano bruscamente: "Era un coglione! Troppe imprudenze. Se l'è cercata lui, non possiamo permetterci nessun errore. Se vogliamo che la gente chieda più ordine e disciplina le cose devono andare nel modo che sappiamo noi. Se qualcuno scopre che dietro a questi episodi c'è la nostra organizzazione siamo finiti, salta tutto. E non dimenticarti che c'è il commissario Lorenzi che non è per niente stupido ... non capisco perché non ci abbiano ancora chiesto di fargli passare la voglia di indagare. Certe volte penso che siamo comandati da un branco di coglioni che hanno solo una fottuta paura di andare fino in fondo".

"Facile a dirsi. Tutte le volte che si è provato c'è sempre stata una reazione troppo grande nel paese, non è ancora il momento giusto. Dobbiamo pazientare, quando arriverà il momento regoleremo tutti i conti rimasti in sospeso".

Ora fu lui a prenderla per i capelli e a tirarla verso sé. Le infilò una mano tra le cosce per sentirne l'intimità. Furono richiamati da un'ondata di entusiasmo, gli addetti aprirono le porte e la fiumana nera entrò nel capannone, il concerto stava per iniziare.

Rocchi

L'agente Rocchi aspettava Lorenzi fuori dal commissariato.

Faceva piuttosto freddo. A Milano accade spesso, dopo giornate in cui il caldo è stato opprimente, che il cielo si ricopra di una cappa lattiginosa e che, al mattino dopo, la temperatura scenda sensibilmente costringendo la gente a tirare fuori gli indumenti pesanti appena riposti per il cambio stagione. Rocchi, con le mani infilate nella giacca a vento scura della polizia, saltellava da un piede all'altro nell'inutile tentativo di scaldarsi.

Il commissario arrivò, parcheggiò la sua auto e si diresse verso l'ufficio.

Rocchi gli andò incontro.

"Salve commissario".

"Ciao Rocchi. Come va? Hai novità?".

"È proprio di questo che le voglio parlare ma senza entrare in ufficio…".

Lorenzi si fermò pensieroso.

"Dopo aver messo sotto controllo la sua casa abbiamo svolto un controllo nei nostri uffici per individuare eventuali cimici e fare una bonifica accurata degli ambienti. Ebbene per quanto abbiamo cercato non abbiamo trovato assolutamente nulla".

"Come te lo spieghi questo?".

"Credo, ma è solo una mia supposizione, che ci abbiano o ci stiano controllando con dei microfoni satellitari direzionati da una postazione remota. Sistemi ad alta tecnologia, molto sofisticati. Se la sensazione fosse giusta c'è qualcuno qui intorno che ci sta spiando".

"Che portata ha questo tipo di apparecchiature? Fino a che distanza può operare mantenendo un livello di qualità elevata?", chiese il commissario seguendo un suo pensiero ben chiaro.

“Al massimo 400-500 metri in aria libera, 200 metri se si controlla attraversando delle pareti”.

“Però hanno anche bisogno di vedere chi di noi entra ed esce dall’ufficio, immagino che debbano essere appostati in una posizione che gli consenta di osservarci con un binocolo…”.

“Quindi a breve distanza… Prendi Lori, cambiatevi, togliete la divisa e fate un giro in borghese, senza farvi riconoscere, nelle vie qui intorno. Cercate un camion, un furgone, qualcosa del genere, probabilmente anonimo, e senza possibilità di vedere all’interno. Se non trovate nulla dovremo cercare un appartamento vuoto o sfitto. Se individuate qualcosa che vi insospettisce avvisatemi con un sms. Ora entriamo”.

Poco dopo i due agenti, uno alla volta, uscirono dal commissariato dirigendosi verso l’edicola posta all’angolo con via Beruto.

Dopo una ventina di minuti compiendo un lungo giro i due rientrarono in via Clericetti da via Bernardo Ugo. Poco prima dell’incrocio con via Pascal, sul marciapiede opposto a quello del commissariato, videro un camper con le tende tirate. Presero il numero della targa e inviarono un sms al commissario.

Lorenzi fece fare un controllo immediato alla Esposti.

Poco dopo ebbero l’informazione che stavano cercando.

Il mezzo era stato noleggiato da una società dieci giorni prima.

La società fu contattata e informarono la polizia che non avevano mai preso in affitto alcun camper. “Bingo” pensò Matteo.

Disse ai suoi, di tornare indietro senza farsi vedere e di raggiungerlo al solito bar, prese una mappa della zona e si avviò.

Spiegò il piano ai suoi uomini e attesero che facesse buio.

Indossarono i giubbotti antiproiettile e uscirono con due volanti, una svoltò e tornò indietro da via Peroni e l’altra prese via Golgi per portarsi di nuovo dietro il camper.

Il commissario aveva spiegato ai suoi uomini che potevano anche sbagliarsi ma la coincidenza della presenza del mezzo lì vicino e della falsa società erano un indizio troppo evidente che ci fosse qualcosa di non chiaro.

Appena l’oscurità serale prese il sopravvento sulle strade e sui manufatti in quel punto di via Clericetti, interrotto soltanto dai fiochi lampioni stradali, scattò l’intervento.

Gli uomini erano tesi, in quelle operazioni non si sapeva mai a cosa si andava incontro.

Del Giudice e la Esposti si appostarono ai lati della via di fronte al camper tenendo sotto mira il mezzo.

Lorenzi e Rocchi si avvicinarono da dietro.

Lori copriva loro le spalle.

Altri agenti del commissariato, indossando i giubbini gialli rifrangenti, impedivano il passaggio di autoveicoli nelle vie interessate al controllo.

Lorenzi si appoggiò al mezzo, per quanto provasse ad ascoltare non sentiva nulla. Fece un cenno agli altri e provò a ruotare lentamente la maniglia.

La porta era chiusa.

All'interno l'uomo di turno consultava un pc portatile mentre con le cuffie indosso teneva sotto controllo le voci provenienti dal commissariato.

Da due giorni la situazione era diventata piuttosto noiosa, il collega lo aveva informato che parevano essere diventati tutti muti negli uffici della Mobile.

Sul computer si susseguivano offerte per crociere nel Mediterraneo con itinerari, foto, indicazioni sulle navi passeggeri.

Stava pensando di portare la moglie a fare una crociera in Grecia, i figli li avrebbero lasciati dai nonni così nessuno avrebbe potuto interrompere quella nuova luna di miele.

Percepì un rumore diverso, come un colpo, si tolse le cuffie.

Sentì distintamente bussare contro la porta.

Istintivamente impugnò la pistola che aveva con sé.

"Aprite! Polizia!", urlò Lorenzi.

"Cazzo", pensò l'uomo alzando il volto verso il soffitto.

"Uscite con le mani in alto, vi do dieci secondi poi interveniamo", il commissario fece un cenno a Del Giudice e alla poliziotta che si erano rannicchiati ai due lati anteriori del mezzo.

"Non sparate. Vengo fuori", gridò l'uomo dall'interno. "Addio crociera e promozione", sbuffò tra sé.

"Apri e tieni le mani in alto e bene in vista, sei sotto tiro".

L'uomo era tranquillo, abituato a situazioni molto più complesse e pericolose di quella.

Aprì la porta che venne poi spalancata con una gamba da Lorenzi pistola in pugno tenuta con due mani davanti a sé.

Il tizio era tutto vestito di nero e indossava un cappellino dello stesso colore.

"Chi sei e cosa ci fai qui?" gli chiese Del Giudice spingendolo contro la ringhiera a protezione della siepe.

"Ehi, ehi, tenete giù le mani, mi avvalgo della facoltà di non rispondere".

Lori lo ammanettò mettendogli le mani dietro la schiena.

Rocchi lo perquisì.

"Nulla, commissario. Niente documenti, niente armi".

"La pistola è qui", disse Matteo dall'interno osservando una lunga fila di apparecchiature elettroniche poste sulla sinistra del camper, un tavolo, due sedie, delle mappe e altri prodotti elettronici, un cellulare standard e uno satellitare.

Ridiscese dal mezzo mentre Rocchi e la Esposti entrarono a controllare.

Si piazzò davanti all'uomo che era quasi una spanna più alto di lui.

Lo illuminò con una torcia in viso e quello chiuse gli occhi e voltò la testa infastidito.

"Allora, chi cazzo sei?".

L'uomo non rispose.

"Sarà meglio che parli", intervenne Del Giudice che era piuttosto nervoso.

Silenzio.

"Nome e cognome", lo scrollò ancora Lorenzi.

Quello non apriva bocca.

Il vicecommissario perse la pazienza e gli mollò un calcio nello stinco con le scarpa d'ordinanza.

L'uomo emise un gemito.

"Che cosa fate? Non potete toccarmi!".

"Ti ho chiesto come ti chiami e voglio sapere perché ci stavi spiando".

"Non posso rispondere commissario".

"Portatelo via!"

L'uomo fu spintonato verso gli uffici posti a poche decine di metri dal mezzo. Rimasto da solo il commissario salì nel camper e chiuse la porta dietro sé. Osservò a lungo tutte le apparecchiature, consultò una serie di fogli dov'erano annotati i movimenti degli uomini del commissariato, tentò di entrare nel computer ma senza conoscere la password fu impossibile.

Pensando a quello che era successo negli ultimi giorni, ai due egiziani morti, agli scontri e vedendo che tutti loro erano sottoposti a stretto controllo si arrabbiò parecchio. Diede un calcio al tavolo facendo cadere alcune apparecchiature che si schiantarono a terra con uno scricchiolio sinistro.

"Fanculo ai Servizi!", pensò.

Il tizio fu fatto accomodare nella stanza per gli interrogatori e il vicecommissario iniziò a porgli delle domande.

Lorenzi pur cercando ovunque nel camper non trovò uno straccio di documento che gli facesse capire esattamente a quale ramo appartenesse l'uomo, chiuse e tornò in commissariato con le chiavi in tasca. Quello si mostrava assolutamente tranquillo e insisteva a chiedere di essere autorizzato a fare una telefonata, cosa che non gli fu consentita.

"Mettetelo in cella di sicurezza a schiarirsi le idee, domattina vedremo se avrà cambiato idea", disse Lorenzi.

"Non potete farlo", ribatté l'altro mentre due agenti lo strattonavano via ammanettato.

Ombre

Bussarono alla porta e il responsabile disse di entrare.

"Hanno individuato il mezzo e hanno fermato il nostro uomo", esclamò il nuovo arrivato senza preamboli.

Il responsabile non si scompose né sollevò lo sguardo dal lavoro che era intento a fare.

"E bravo il commissario. È un uomo in gamba. Ne avessimo anche solo due o tre così dalla nostra parte avremmo risolto tutto già da un pezzo".

L'altro era perplesso, abituato a obbedire più che a pensare.

"Mi scusi, ma non è un nostro nemico?".

"Lorenzi? Non è nostro nemico, quelli come lui sono gli uomini migliori, il problema è che sono fedeli alle leggi, hanno un senso democratico troppo sviluppato, sono attenti al diritto, rispettano la Costituzione… diciamo che, visto che non stanno con noi, non sono nostri amici. I veri nemici per noi sono altri ma lei queste cose non le può capire. Lei è un uomo d'azione, colonnello, la politica lasciamola ad altri. Il commissario e diversi agenti di quel nucleo sono un 'fastidio'. Lasciamoli fare e se dovessero arrivare al limite di guardia che noi conosciamo li fermeremo".

"Sì, signore. Come vuole. Deduco che lei non voglia intervenire, crede che sia prudente lasciare il nostro uomo nelle mani del commissario?".

Il responsabile sollevò il viso e sorrise all'indirizzo del colonnello.

"Lei è un uomo perspicace… mi dica un po', come vanno le cose in quel gruppo? Quelli di Azione Audace?".

"Hanno eliminato l'anello debole, quello soprannominato Gladio. Li teniamo sotto stretto controllo. È un gruppo molto abile a non farsi intercettare ma nell'eliminazione di Gladio, personalmente, signore, leggo un errore strategico rilevante".

"Bravo colonnello. Se tutto finirà come credo lei riceverà una promozione".

Il colonnello impallidì memore delle parole del precedente colloquio nella Capitale.

Il responsabile lo notò e lo tranquillizzò.

"Non è una promozione con trasferimento in scenari di guerra. Lei continui il suo lavoro con la stessa perizia e dedizione mostrata finora e vedrà che lo stato le sarà riconoscente".

"Grazie, signore. Rispetto al nostro uomo come dobbiamo comportarci?".

Il responsabile si alzò abbandonando gli incartamenti sul tavolo, molti documenti erano zeppi di scritte "omissis", timbri rettangolari con le diciture: "Top Secret", "Riservato", "Confidenziale".

Nelle mani di quell'uomo, all'apparenza così comune, transitava una parte dei segreti più delicati e nascosti della storia repubblicana.

Un uomo potente, un uomo collegato con gli apparati dei più importanti servizi europei e non solo.

"Colonnello, mi risponda con franchezza e sia sincero".

"Sì, signore".

"Lei come si comporterebbe sapendo che un nostro uomo è nelle mani di un commissario così determinato come quel Lorenzi? Si sentirebbe tranquillo conoscendo le capacità e l'intelligenza del nostro agente o sarebbe preoccupato?".

"Sarei preoccupato, signore".

Il colonnello aveva "mangiato la foglia" intuendo dove voleva arrivare il responsabile.

"Bene. Cosa farebbe se fosse al mio posto e dovesse impartire un ordine in un caso come questo?".

"Penserei che si dovrebbe provvedere a recuperare il nostro agente, immediatamente".

L'uomo iniziò a camminare per la stanza.

"Mi delude colonnello. I nostri uomini sono consapevoli di quali sono i rischi che corrono quando sono impegnati in certe operazioni, in questo caso il nostro agente ha fallito. Hanno preso lui, hanno sequestrato il mezzo con tutte le apparecchiature, inizieranno a porsi molte domande e a porre... un sacco di domande. Indagheranno, cercheranno, vorranno capire. Il nucleo di Lambrate è composto da uomini e donne di prim'ordine, hanno risolto molti casi complessi, alcuni pressoché impossibili. La mente di tutto è Lorenzi ma ci sono anche gli altri... e non dimentichiamo la giornalista. Se, per nostra disgrazia, questo caso fosse affidato a qualche solerte magistrato potrebbero esserci problemi seri".

Il colonnello seguiva in silenzio.

Il responsabile si voltò di scatto.

"Quindi?" chiese cambiando completamente tono di voce.

"Quindi, signore, dovremo intervenire".

"Bene, colonnello. Se ne occupi lei, personalmente. Mi fido ciecamente. Desidero una soluzione che risolva il problema. Ora vada che le ho dedicato fin troppo tempo. Le farò recapitare oggi stesso una lettera firmata dal questore da far pervenire a Lorenzi. E mi tenga al corrente".

"Sì, signore".

L'uomo piccolo e grassoccio lasciò l'ufficio.

Entrare lì dentro gli faceva sempre un certo effetto, creava inquietudine.

Il confine tra l'esito favorevole o sfavorevole di un incontro era talmente labile da non risultare spesso percepibile.

L'esito sfavorevole, nel migliore dei casi, significava essere spediti in scenari di guerra dove la morte era in costante agguato.

Da parte di nemici, ma più spesso da parte di "amici".

Otto e trenta del mattino. Lambrate

È una bella giornata primaverile, Matteo è seduto sotto un albero in fiore. La canna da pesca si piega al colpo del pesce che ha abboccato, Lorenzi gira il mulinello freneticamente per portare a riva la preda che si dibatte, si dibatte e… suona, suona. "Suona?". Un pesce che suona? Ma che cazz…

Lorenzi viene svegliato dal suono del cellulare e il sogno s'interrompe sul più bello. Risponde a fatica cercando il telefono a tentoni. Finalmente lo trova.

"Pronto?".

"Commissario?".

"Sì, chi è?".

"Sono Parris commissarrio"

Matteo si siede sul bordo del letto e cerca di riconnettersi con la realtà. Non ha sentito la sveglia, il sonno è stato profondo di quelli che ti risucchiano in un antro buio e ti trattengono lì incatenato, impedendoti di riemergere alla luce, alla vita reale.

Si passa la mano tra i capelli, sbadiglia a lungo e poi torna parzialmente tra gli esseri viventi.

"Commissarrio… si sente bene?".

"Dimmi Parris… va tutto bene, cosa c'è?".

"I collegghi la stanno aspettando, avevatte una riunionne stamane, il vicecommissarrio mi disse di chiammarla…".

La riunione! Lorenzi se n'era completamente dimenticato e la stanchezza accumulata in quegli ultimi giorni lo aveva svuotato d'energia gettandolo in un sonno profondo.

Si vestì in fretta, un caffè buttato giù al volo, due biscotti inghiottiti per le scale mentre volava verso via Clericetti.

Era una bella giornata, il sole già caldo fin dal mattino presto.

Nella confusione delle migliaia di studenti e pendolari che uscivano come una fiumana dalla stazione ferroviaria Lorenzi raggiunse il suo ufficio.

In sala riunioni lo attendevano tutti da un pezzo.

Del Giudice, la Esposti, gli agenti Rocchi e Lori.

"Scusate, scusate… per il ritardo".

Faceva ancora fatica a riprendere il bandolo della matassa e invitò il vicecommissario ad aprire la riunione.

"Avevamo previsto l'incontro odierno per analizzare le informazioni raccolte da ognuno di voi nelle ultime ventiquattro ore. A questo appuntamento già concordato dobbiamo aggiungere il fatto nuovo e cioè il fermo dell'uomo che abbiamo preso ieri sera nel camper appostato qui vicino… direi di iniziare da quest'ultimo elemento. Prego, Rocchi".

"Ieri sera mi sono messo subito all'opera per cercare di raccogliere elementi sul camper. Vi confermo quanto emergeva ieri, il mezzo è stato noleggiato a nome di una società che è risultata estranea ai fatti e che non ne sapeva nulla. Il proprietario del deposito ci ha confermato che qualcuno si è presentato dando le credenziali di quella società, un uomo sui cinquant'anni, distinto, vestito elegantemente, con gli occhiali scuri. Ho convocato il noleggiatore per domani per tratteggiare un identikit del soggetto. L'affitto del mezzo è stato totalmente pagato in contanti all'atto del ritiro. Il camper è stato consegnato in condizioni per il normale trasporto di passeggeri, ovviamente delle apparecchiature elettroniche il titolare non sa nulla. Queste sono le uniche informazioni al momento".

Il commissario non riusciva a smettere di sbadigliare, il caffè doveva avergli bloccato lo stomaco, chiamò Parris e gli chiese di portargli un tè bollente.

La Esposti lo osservava e gli sorrideva con gli occhi, Matteo voleva risponderle ma lo stomaco lo stava sempre più devastando.

Fu il turno di Lori: "L'individuo che abbiamo fermato si rifiuta di parlare e non lo abbiamo ancora identificato. Non aveva indosso alcun tipo di documento, nemmeno la patente. Non sappiamo chi sia, potrebbe essere un uomo dei Servizi ma ogni possibilità è aperta. Giovanna ha effettuato una serie di controlli di cui ci parlerà tra breve. Mi dispiace ma io non ho trovato nulla".

"Per prima cosa ieri sera ho cercato di verificare con la centrale operativa se era possibile avere un contatto con qualcuno dei Servizi ma mi hanno risposto negativamente. Ho chiamato il magistrato e quando gli ho spiegato quanto accaduto è letteralmente caduto dalle nuvole garantendomi che oggi si sarebbe informato...", ragguagliò la Esposti. "Le apparecchiature rinvenute all'interno del mezzo sono molto sofisticate, le abbiamo controllate con Rocchi e un suo collega, questo dimostra che eravamo spiati, e forse lo siamo ancora, da dei professionisti. Impossibile entrare nel computer sequestrato e il soggetto si è rifiutato di farci accedere".

Entrò Parris portando il tè per il commissario.

Lorenzi benedì la solerzia del piccolo poliziotto sardo.

Nessun altro intervenne, il commissario sorseggiava lentamente la bevanda. Pareva assorto in un'importante riflessione, così pareva al nucleo investigativo, in realtà era concentrato sul malessere che provava e sulla speranza che quel fastidio allo stomaco finisse in fretta.

Poco dopo stava meglio.

Riprese il controllo di sé ed intervenne.

"Riepiloghiamo la situazione in modo completo: 1) viene ucciso Kaled Shimaiwa, ammazzato di botte, noi escludiamo l'ipotesi di un regolamento di conti e cerchiamo un altro movente di tipo razziale, condiviso dalla comunità araba, 2) Shimaiwa non ha alcun problema di carattere economico, è sempre puntuale nel pagamento delle rate del mutuo, non ha mai subito minacce, così ci racconta la moglie, non è oggetto di invidie, 3) viene fatto saltare per aria il suo negozio dopo la rivolta e l'assalto alla nostra sede e muore l'amico che tentava di aiutare la famiglia di Kaled nella conduzione del panificio, non ci sono rivendicazioni da parte di alcuna organizzazione. Un attentato dove è stato utilizzato dell'esplosivo non comune, roba da esperti, 4) ci sono stati altri tre casi in cui sono stati assassinati extracomunitari che hanno un punto in comune tra loro, sono non identificati, probabilmente clandestini.

Altro punto di contatto tra loro è che le indagini vengono affidate allo stesso magistrato, casualità? Non credo perché il procedimento Shimaiwa, in un primo tempo affidato a Grossi, passa improvvisamente allo stesso magistrato dei tre casi citati prima, magistrato che noi conosciamo bene per la sua diciamo così 'facile predisposizione alla distrazione e archiviazione', 5) il medico legale ci informa che la tipologia di ferite e i motivi del decesso, in almeno due dei tre casi, sono uguali a quelli che hanno portato alla morte di Kaled, 6) i corpi dei tre uomini deceduti sono spariti, due cremati in fretta e furia e il terzo trafugato... un'ultima cosa per ora... scopriamo che siamo seguiti, pedinati e intercettati fin dentro il commissariato e io anche a casa. Mi pare che ci siano tutti gli elementi per affermare che dietro alla morte di Kaled si nasconda qualcosa di molto più complesso che è oggetto di attenzione di 'altri' anche nei nostri confronti, forse i Servizi. Ogni elemento di prova che poteva aiutarci nelle indagini è stato distrutto come nel caso dei tre extracomunitari assassinati. Dobbiamo sforzarci di ricominciare da capo l'analisi degli elementi in nostro possesso, provare a cercare gli elementi di contatto certi e quelli che potrebbero esserci sfuggiti. Dobbiamo ritrovare un punto da cui ripartire. Rimettetevi al lavoro, voglio un nuovo rapporto da ognuno di voi entro domattina, ripensate e rianalizzate tutto e continuate le indagini. Tu", disse rivolto a Del Giudice, "insieme con Lori riprendi l'interrogatorio degli abitanti del quartiere dal punto in cui avete interrotto alcuni giorni fa, è impossibile che non ci sia nessuno che abbia visto o sentito qualcosa quella sera. Giovanna cerca ulteriori elementi sui tre agenti che sono passati dal nostro commissariato..." si fermò vedendo che Lori, Rocchi e Del Giudice si guardavano l'un l'altro interrogativamente.

Richiamò la loro attenzione.

"Scusatemi, Enrico scusami anche tu. Non siete al corrente di questo aspetto. Colpa mia. Nel momento in cui ho capito che siamo sotto controllo e ipotizzato che ci possano essere di mezzo i Servizi, mi sono domandato quali sono gli elementi 'nuovi' che ci hanno affiancato negli ultimi tempi. Ho chiesto a Esposti di verificare il profilo e il fascicolo personale di ognuno di loro ora che sono tornati in Lorenteggio. C'è qualche elemento poco chiaro, per questo motivo Giovanna farà delle ulteriori verifiche e poi ci metterà al corrente di quello che ha scoperto. Per ora non vi racconto nulla, per non distogliervi dal vostro incarico".

Tornò a sedersi al suo solito posto al vertice del tavolo riunioni.

"Tu, Rocchi, analizza bene le fotografie che ti consegnerà Esposti. Sono le immagini di un uomo che mi pedinava al ristorante la sera che hanno installato la cimice a casa mia. Lori ti consegnerà l'elenco delle Ford Fiesta targate DR e ti occuperai di scoprire a chi appartengono, in modo particolare quella immatricolata vicino a noi a Pavia e di verificare quali di esse sono di color scuro, dopo di che contatteremo i proprietari. Per qualsiasi novità importante ci sentiamo per telefono. Ci rivediamo domattina alle nove... puntuali".

Vide tutti sorridere.

"Sì, non vi preoccupate, sarò puntuale... Ora via, fuori, marsch!".

Si sentiva decisamente meglio, lo stritolamento dello stomaco era totalmente scomparso, per fortuna. Chiamò un agente e gli disse di condurre il fermato nella saletta per gli interrogatori.

Poco dopo Lorenzi tentò di farlo parlare, ma quello rimase nel più assoluto silenzio, sapeva che dire anche solo una parola significava mettere a repentaglio la propria vita... e sua moglie lo stava aspettando per la crociera.

Quell'atteggiamento rafforzò l'idea, nel commissario, che si aveva proprio a che fare con i Servizi.

Tornò nel suo ufficio, rilesse il dossier di Cristina e decise di andare a vedere il famoso club Audace sui navigli, prese la sua macchina e s'incolonnò nel faticoso traffico metropolitano.

Arrivato sull'alzaia del Naviglio Grande parcheggiò vicino alla chiesa di San Cristoforo, decise di avvicinarsi alla sede del club a piedi per studiare bene la strada, i portoni, le case, ogni minimo particolare come faceva sempre quando cercava di immedesimarsi nella personalità di chi poteva aver commesso un crimine. Prima di andare verso il club decise di ispezionare il luogo dov'era bruciata l'utilitaria con l'uomo dentro di cui gli aveva parlato Cristina.

Il posto era molto vicino a quello del ritrovamento di uno dei tre clandestini privi di documenti. Questa coincidenza gli accese una spia nella mente. Da poliziotto pratico dubitava sempre delle coincidenze anche se in questo caso non sapeva spiegarne il motivo nemmeno a se stesso.

Avrebbe chiamato i carabinieri per farsi dire qualcosa in più.

Nell'aria c'era un forte odore di caffè tostato, quasi bruciato.

Vide l'insegna di un'azienda di torrefazione. Gli passarono accanto due signori che facevano jogging, poco dopo un solitario canoista con lo stemma di una delle sedi delle vecchie associazioni storiche di canottaggio.

L'aria era calda, l'acqua del naviglio procedeva lenta, stranamente limpida, si vedeva benissimo il fondale e il fluttuare pigro della vegetazione annegata. Tentò di scorgere qualche pesce ma non vi riuscì. Eppure dicevano fosse molto pescoso. Arrivato al cancello dello stabile si mise a cercare il citofono dell'Audace. Una piccola e bella signora, sulla cinquantina, con lunghissimi capelli neri che le scivolavano fino al fondoschiena, uscì portando al guinzaglio un bell'esemplare di giovane Labrador.

"Cerca qualcuno?", gli chiese cortesemente.

"Sì, grazie, sto cercando un club privato, un locale, Azione Audace".

Alla donna s'irrigidirono i lineamenti e cambiò atteggiamento.

Lorenzi lo notò subito.

"Strano, lei non ha l'aspetto del frequentatore di certi posti. Comunque è in fondo al cortile, dove c'è quel capannone grigio… arrivederci".

La tipa si allontanò.

Lorenzi la rincorse.

"Aspetti, aspetti signora".

Si fermò osservandolo guardinga.

"Lei ha ragione, mi perdoni, non mi sono presentato", tirò fuori il tesserino, "commissario Lorenzi della Mobile di Lambrate".

La donna si mostrò sollevata.

"Ah, grazie al cielo. Mi sembrava strano infatti. Marisa Spinelli, abito qui all'ultimo piano, progetto e realizzo vetrate".

"Interessante", disse Lorenzi. "Posso farle alcune domande?".

"Prego", rispose la donna sorridendo.

"Vorrei avere qualche informazione su quel locale, che tipo di gente lo frequenta, se avete mai assistito a qualche episodio strano, se vi infastidiscono. In pratica tutto quello che può darmi un'idea, dal suo punto di vista, delle attività che si svolgono lì dentro".

"Brutta gente, commissario, è un ritrovo di gentaglia. Arroganti, presuntuosi, violenti, Ci rendono la vita impossibile e non possiamo nemmeno protestare, abbiamo fatto diversi esposti ma non è cambiato nulla. Sono pericolosi, fanno casino, concerti con musica ad alto volume ben oltre il limite d'orario. Si azzuffano, spaccano bottiglie. Siamo ostaggi a casa nostra..." e raccontò molte altre cose interessanti.

Lorenzi la ringraziò e si diresse verso l'ingresso del locale.

Prudentemente tolse la pistola dalla fondina e la mise dietro la schiena sotto la giacca. Suonò il campanello.

Poco dopo un paio di occhi gelidi comparvero nella stretta fessura dello spioncino e lo squadrarono attentamente.

"È chiuso" una voce fredda, maschile.

"Vorrei parlare con il titolare, grazie".

"Ti ho detto che è chiuso, closed, hai inteso?".

"Vorrei parlare con il titolare, ripeto, grazie".

"Allora non ci siamo capiti, te ne devi an-da-re", sillabò il tipo.

"Allora non ci siamo capiti, po-li-zi-a. È meglio che apri la porta e mi fai entrare...", rispose Lorenzi sventolandogli il tesserino davanti agli occhi.

"Uno sbirro. Ce l'hai la faccia. Un attimo". L'uomo richiuse lo spioncino.

Si diresse verso l'uomo che stava sistemando il bancone.

"C'è uno sbirro là fuori e chiede di parlare con te".

"Uno della madama?", si voltò mentre puliva un grande boccale di vetro con un panno bianco. "Che facciamo?" chiese alla piccola donna bionda seduta su uno sgabello che stava sorseggiando un caffè.

"Uhm, meglio non farlo innervosire. Siamo puliti stamattina?".

"Tutto a posto".

"Chiudi quei due giù di sotto e fallo entrare, mostrati collaborativo. Se avesse un mandato non sarebbe venuto in questo modo. Vedi di capire chi è, io mi eclisso nel retro".

I due inservienti stranieri furono minacciati, spinti nello scantinato e chiusi dentro, facendogli chiaramente capire che dovevano stare zitti.

Lorenzi suonò il campanello con insistenza.

Fu fatto entrare. L'uomo che gli aprì era più alto di lui, una massa di muscoli impressionante, una maglietta nera lo fasciava mettendo in risalto il fisico palestrato. Le braccia erano ricoperte di tatuaggi. Era calvo e indossava pantaloni mimetici infilati in un paio di anfibi. Era talmente gonfio che era costretto a camminare con le gambe e le braccia divaricate. L'ambiente era buio. Molti tavoli di legno scuro con le sedie posizionate sopra. Lorenzi notò un secchio bicolore contenente acqua per lavare il pavimento che era bagnato parzialmente. Il cervello fotografava tutto l'ambiente con scatti a ripetizione immediatamente immagazzinati nella memoria investigativa. Al banco c'era un uomo molto simile al primo, meno gonfio e con una maglietta bianca, sull'avambraccio aveva tatuato un cerchio con una croce dentro: "In cosa posso esserle utile signor poliziotto…", lo schernì.

"Commissario, commissario Lorenzi prego", si accomodò su uno sgabello.

"Niente passavo di qui e ho pensato di venire a prendere un caffè, c'è questo bell'aroma nell'aria che mi ha stuzzicato".

La donna bionda che si era nascosta nel retro seguiva la conversazione, quando sentì il nome del commissario che tenevano sotto controllo si preoccupò. I due davanti non erano abbastanza svegli per poter reggere un confronto con quel figlio di puttana.

"Un caffè? Un caffè per lo sbirro. E come mai viene a prenderlo proprio da noi?" chiese quello al banco mentre dava la schiena a Lorenzi per prepararglielo.

Matteo notò che sul bancone c'erano tre tazzine appena usate, una aveva ancora un rimasuglio di liquido scuro dentro e quelli erano in due, doveva esserci qualcun altro da qualche parte.

"Ecco il suo caffè, poi, cortesemente, se ne può andare che abbiamo da fare".

"Vedo, siete impegnati nelle pulizie. Ho notato che state lavando il pavimento, in modo singolare mi pare. Laggiù c'è il secchio ma non vedo lo straccio, con cosa lo strofinate?".

L'uomo posò le mani aperte sul bancone vicino alla tazza di Lorenzi e gli si avvicinò minaccioso.

"A te non te ne deve fregare un cazzo di come laviamo il pavimento".

Il commissario aveva però registrato un lampo di sorpresa negli occhi del tipo quando gli aveva chiesto del pavimento.

"Come siamo suscettibili... c'è qualcun altro oltre a voi due?".

"Senti amico", disse l'altro che si era appoggiato vicino a Lorenzi, "ci siamo noi e basta. Sei entrato, ti sei preso il tuo caffè del cazzo e ora te ne torni al lavoro perché noi abbiamo da fare".

"Già, siete in due ma ci sono tre tazzine del caffè...".

Altro lampo di sorpresa negli occhi dell'energumeno che rispose prontamente: "Io ne bevo due".

"Troppa fretta a rispondere", pensò Matteo.

Quello gonfio prese Lorenzi per un braccio: "Ora te ne vai, con le buone o...".

Un attimo dopo si ritrovò la pistola del commissario puntata contro la fronte.

"Tieni giù le mani sottospecie di bisonte". L'uomo fece un balzo indietro.

"Ehi, non ci può minacciare in questo modo, non abbiamo fatto niente e lei non potrebbe nemmeno entrare qui, è un club privato" intervenne il barman.

"Apri la porta tu", Lorenzi indicò il portone con la pistola e si avvicinò tenendo sotto tiro quello che gli aveva aperto prima. "Bene, il caffè non era un granché, la prossima volta me lo devi fare meglio e questo non lo pago".

Vide che c'era una scala che portava di sotto, passò davanti al tipo e gli si fermò davanti: "Se provi ancora a mettermi le mani addosso ti faccio a pezzi poi ti sbatto dentro e butto via la chiave", uscì camminando all'indietro finché non chiusero il portone. Buttò fuori la tensione sollevato, soffiando aria.

Il barman picchiò un pugno sul bancone che fece tremare tutti i bicchieri.

"Che razza di bastardo figlio di puttana!", esclamò.

"Velenoso come un serpente, sbirro di merda", aggiunse l'altro.

"Già, è un duro quello", disse la donna rientrando dal retro. Era visibilmente preoccupata ma anche ammirata dal coraggio mostrato dal commissario.

A Lorenzi quel sopralluogo era servito molto, in primis per poter avere un riscontro "fisico" del posto, iniziare a orientarsi all'interno, poi per verificare di persona le informazioni che gli aveva lasciato Cristina nel dossier.

L'ambiente era blindato, non ci si entrava se non eri conosciuto di persona o presentato da un altro socio.

Secondo il rapporto della giornalista dietro all'apparenza di un club privato dalle ambigue attività e per l'organizzazione di modesti eventi musicali rock si celava in realtà uno dei più importanti punti di incontro delle organizzazioni neofasciste ma soprattutto neonaziste del Nord Italia. Si vociferava di riunioni ed incontri con le formazioni razziste più spietate, di convegni sulle teorie negazioniste, un punto di contatto tra le varie esperienze più pericolose di quelle tendenze. Qualcuno, ma non v'erano prove, aveva ipotizzato che nei sotterranei del club potessero essere celate anche delle armi.

I rapporti delle forze dell'ordine erano piuttosto generici e sorvolavano sulla presenza costante di alcuni personaggi che, al contrario, erano ben identificati e conosciuti nelle formazioni della destra populista.

Il commissario si recò al comando dei carabinieri di zona per farsi dare qualche dettaglio sull'episodio del autovettura incendiata con la persona all'interno.

Il maresciallo Signori lo fece accomodare subito, Matteo spiegò l'oggetto della visita, il maresciallo raccontò di aver saputo della collaborazione che il commissario aveva avuto con l'Arma in alcune indagini sviluppate in Puglia e si mostrò collaborativo e disponibile.

In questo modo venne a conoscenza del fatto che il cadavere non era completamente carbonizzato perché l'intervento dei pompieri aveva preservato una parte degli arti inferiori. Praticamente il maresciallo lo mise al corrente di quanto era emerso fino a quel momento. Lorenzi lesse che i rilievi della Scientifica erano stati affidati all'ispettore Valentini con il quale aveva collaborato molto frequentemente.

"E questo è tutto, commissario. Sul movente ancora non siamo riusciti a trovare una pista che abbia un senso perché non sapendo chi è la vittima e non avendo avuto modo di identificare il tipo di autoveicolo brancoliamo ancora nel buio. Il PM Longhi ha assunto l'inchiesta ma l'ho incontrato solo una volta finora", concluse Signori.

"Longhi, ancora Longhi. Le coincidenze iniziano ad essere troppe", pensò il commissario sempre più convinto che dovesse esserci un collegamento tra la presenza del dottor Longhi in tutte quelle inchieste poco approfondite.

Signori fu gentilissimo e gli diede alcune fotocopie delle foto scattate al veicolo e al cadavere con vari particolari.

Uscito dalla stazione dei carabinieri Matteo chiamò Valentini.

L'ispettore fu contento della telefonata del collega, scambiarono alcune frasi sulle proprie vite personali dopo di che Lorenzi entrò nel merito.

"Stai occupandoti di un caso che mi interessa, vorrei sapere se è possibile avere qualche elemento che potrebbe tornarmi utile in un'altra indagine", disse al collega.

"Caro commissario, caro Matteo... sai meglio di me che è contro il regolamento fornire informazioni su un'inchiesta a persone che non sono titolate all'indagine, nemmeno se si tratta di super poliziotti come nel tuo caso...".

Lorenzi incassò il colpo, dannazione proprio ora che sentiva di aver bisogno di quelle informazioni.

"Ma... c'è un ma... dato che ci frequentiamo da anni e che conosco la tua encomiabile discrezione... diciamo che se tu passassi da queste parti mentre io fossi momentaneamente fuori ufficio... potrebbe capitare che tu possa vedere un certo fascicolo che io malauguratamente abbia dimenticato aperto sulla mia scrivania...".

"Ti ringrazio, il tempo di arrivare".

La consultazione del fascicolo, mentre l'ispettore Valentini si ritirava strategicamente in bagno aprì le porte al tunnel cieco dove si erano arenate le indagini. Mancavano solo pochi tasselli per avere il quadro completo di tutta la storia che si dipanava dietro la catena dei delitti.

Mentre rientrava a Lambrate ricevette una telefonata dalla questura. Doveva presentarsi immediatamente dal questore in persona.

"Ci risiamo", pensò mentre svoltava per il lungo viale che lo avrebbe condotto al palazzo.

Fu fatto accomodare nel lussuoso ufficio del questore che lo accolse amichevolmente. Il responsabile non era solo, un uomo robusto e tarchiato gli sedeva lateralmente.

La scoperta

Il particolare suono del computer lo avvisò che era arrivata un mail.

Rocchi stava studiando le foto dell'uomo fotografato da Lorenzi al ristorante di via Ampere.

Cercava di confrontarle con i profili della banca dati della polizia di persone con caratteristiche fisiche simili.

Il server dei Servizi e i profili dei loro agenti erano ovviamente non consultabili, ci voleva l'autorizzazione di funzionari di altissimo livello.

Sospese per un momento la ricerca e aprì la posta elettronica.

Era una mail della motorizzazione civile.

Lesse una delle righe e spalancò gli occhi.

"Oh cazzo", esclamò.

Chiamò l'interno della Esposti.

"Giovanna vieni subito nel mio ufficio!".

La Esposti allarmata dal tono della voce del collega si mosse immediatamente per raggiungerlo.

La fine di Valerio

Valerio emise un strano rantolo freddo, angosciato e tutto finì.

Tina percepì un flebile alito gelato uscire dalla bocca del marito, non fu una semplice sensazione ma qualcosa di concreto, reale, aveva sentito il distacco dell'anima dal corpo del marito. Lo strazio di Valerio era terminato.

Non era una donna suggestionabile, lo aveva sentito per davvero.

Seduta vicino al letto di pena del suo compagno aveva passato la notte senza addormentarsi nemmeno un istante.

Nonostante l'età, il fisico aveva retto più per l'indomita forza della comune storia d'amore e di Resistenza che per la poca energia rimasta in quelle ossa.

Gli teneva la mano e lo osservava, non provava tanto un dolore profondo quanto un mesto senso di vuoto, improvviso e definitivo.

Qualcosa di molto amaro che quasi le si propagava in bocca.

Com'era bello il suo Valerio, quanto avevano penato insieme per liberare il paese e quanto avevano aspettato per poter coronare un sogno d'amore nato tra le macerie di una nazione distrutta e violentata dalle manie di grandezza e dalla follia di quell'uomo malato d'ambizione sfrenata.

Il cane era arrivato quasi in punta di piedi con la coda tra le zampe e le orecchie basse.

Si era sdraiato davanti a lei, il muso steso per terra emettendo dei leggeri guaiti di dolore.

Tina lo accarezzò: "Sì caro, sì, stiamogli vicino".

L'immagine più dolce che le veniva in mente era di quando lei era ritornata a casa in bicicletta, dopo aver distribuito le copie clandestine de "L'Unità" agli operai della Pirelli e delle acciaierie per comunicare che era giunto il momento decisivo, e lo aveva visto lì in piedi, davanti casa, con quel suo sorriso raro che apriva al mondo solo per lei.

E la felicità.

E la bambina.

E la ricostruzione.

E l'impegno.

Si sollevò a fatica, la schiena pareva rompersi al tentativo di raddrizzarsi.

Lo baciò dolcemente: "Addio amore mio, a presto".

Non disse altro.

Gli chiuse delicatamente gli occhi che erano rimasti spalancati nell'attimo finale.

Ora poteva fare quello che era rimasto in sospeso da giorni.

Lori e Del Giudice avevano ripreso a interrogare gli abitanti del quartiere, salirono al secondo piano dello stabile. Il vicecommissario indicò i nomi sul campanello: "Sai chi sono questi?", disse al poliziotto.

"No, mai sentiti nominare".

"Sei un ragazzino. Loro sono tra quelli che hanno costruito le fondamenta della nostra storia moderna, della democrazia. Sapevo che abitavano a Lambrate ma non che fossero in via Corti. Si tratta del comandante partigiano Valerio Rasi detto 'Ombra' medaglia d'oro al valor militare e di Tina Superti la staffetta 'Gianna' delle fabbriche milanesi".

Lori era colpito, non conosceva bene quella storia, come tanti giovani e giovanissimi che avevano perso il "contatto" con l'anima fondante delle repubblica italiana.

Il vicecommissario era imbarazzato all'idea di dover interrogare quelle persone ma dovevano essere ascoltate tutte.

Suonò il campanello.

Il cane non abbaiò come suo solito, sollevò il muso, si voltò in direzione del suono e riprese la posizione precedente.

Tina si avviò stancamente per il lungo corridoio e aprì la porta.

Si trovò davanti un corpulento uomo in borghese dai grandi baffoni bianchi e un giovane agente di polizia in divisa.

"Mi scusi signora, siamo del commissariato Lambrate, sono il vicecommissario Del Giudice e questo è l'agente scelto Lori. Stiamo interrogando gli abitanti di questa zona in riferimento a un omicidio accaduto qualche settimana fa qui vicino…".

"Il panettiere arabo?", chiese la vecchietta. "Lo conoscevo sa… e anche la sua famiglia".

"Sì, signora, proprio quello".

"Accomodatevi, entrate, entrate non state sulla porta… prego. Venite un momento con me" e li condusse lungo il corridoio verso la camera da letto.

Pareva, per chi l'avesse conosciuta prima, improvvisamente ingobbita. Strisciava sul pavimento i piedi infilati nelle pantofole di pelo.

Si affacciò sulla porta e indicò il marito ai poliziotti.

"Ecco, vedete? È appena morto".

I due rimasero pietrificati.

"Oh signora, ci scusi, perdoni, non sapevamo… ci vediamo in un altro momento", il vicecommissario non sapeva più come scusarsi.

"Possiamo fare qualcosa… chiamo un medico, un'autoambulanza…", anche Lori tentava di dire qualcosa per rendersi utile.

La donna li guardò dal basso in alto, lei così minutina e quei due uomini grandi nel corridoio.

"Ha finito di soffrire. Dopo chiamerò il medico, venite ora, accomodatevi in cucina…".

"La ringrazio signora ma non prendiamo nulla, davvero, non è il caso" tentò di dire Del Giudice in qualche modo.

"Non vi offro nulla, nel frigo non c'è quasi più niente, sono giorni che non esco e mia figlia non la vedo dall'altro ieri, per lei era un vero strazio vedere il padre in quelle condizioni. Venite ho bisogno di parlarvi di una cosa importante. È da tempo che avrei dovuto farlo e forse ho sbagliato ad attendere ma lui portava via ogni mia attenzione. Prego, prego, accomodatevi". Lori e Del Giudice si sedettero un po' imbarazzati.

"In qualche modo mi auguravo di ricevere una vostra visita e non so se mi perdonerete per quello che sto per dirvi", disse tenendo le mani in grembo.

Lori pensò che la morte del marito l'avesse sconvolta.

"La sera che è stato ucciso quel povero giovane io ero presente, avevo portato fuori il cane per la solita passeggiata. Pioveva e c'era molta foschia. Quando sono arrivata ai giardini di via Clericetti, mentre ero dietro quel gabbiotto di ferro che c'è verso la via Peroni, al buio, ho visto una scena terribile. Alcune persone stavano picchiando un uomo, quell'uomo. Mi sono nascosta dietro al muretto tenendo stretto il muso del mio cane per impedire di farmi scoprire. Sarei dovuta venire ad informarvi subito e questa è mia grande colpa, da qualche parte pagherò questa leggerezza, non vi spiego perché non l'ho fatto, non mi credereste. Sta di fatto che ho visto, ho sentito le ossa che si rompevano, un rumore che non scorderò mai più e che mi ha ricordato quelli che sentivo nelle camere dove torturavano i miei compagni d'allora…".

Lori era completamente paralizzato, il vicecommissario comprese tutto.

"Signora, potrebbe riconoscerli? Saprebbe descriverci quelle persone".

"Non erano persone comuni, dottore, erano…".

Quando la verità è impossibile da accettare

Rocchi mostrò alla Esposti la mail della motorizzazione e uno dei nomi dei proprietari delle Ford Fiesta.

Giovanna si lasciò cadere pesantemente sulla sedia davanti al collega.

Il giovane si teneva la testa tra le mani. Quello che aveva scoperto era terribile, aveva individuato chi era la persona che pedinava Lorenzi e i sospetti del commissario si rivelavano fondati. L'agente si passò le mani sul volto e mosse il mouse per far ricomparire la mail. *Ford Fiesta... DR 910 TS... proprietà Remigi Benito.* Giovanna cercò di rintracciare subito il commissario ma il cellulare era spento. Provò quello di Del Giudice ma era irraggiungibile.

"Cosa facciamo ora?", chiese Rocchi.

"Non lo so, dobbiamo rintracciare subito il capo", rispose lei. "Dobbiamo anche capire se Remigi è in servizio, potrebbe essere pericoloso".

"Potrebbe? È sicuramente pericoloso, Giovanna. Ci spiava tutti".

"Non riesco a crederci, prendi qualcuno e cercate di rintracciare il commissario, io tento di capire se Remigi è di turno".

La Esposti telefonò al commissariato Giambellino chiedendo di parlare con il commissario Zago. L'agente Renato Cabler stava ritornando nel suo ufficio dopo aver preso un caffè con un collega, passò davanti all'ufficio del commissario che era solito lavorare con la porta aperta. Cabler lo salutò, Zago era al telefono. Gli fece cenno di entrare. "No, Esposti. Remigi non è in servizio per il semplice motivo che è scomparso da quattro giorni e non riusciamo a metterci in contatto con lui in alcun modo. Vive da solo. Non risponde...", ci fu una pausa durante la quale Zago ascoltò le domande della donna. "Non so cosa dirle Esposti. Qui siamo tutti preoccupati, è un buon agente ma è letteralmente scomparso. Siamo andati al suo domicilio ma non c'è traccia... Va bene, le farò sapere, mi saluti Lorenzi". Riattaccò il telefono.

"Hanno chiamato dal commissariato di Lambrate, come te la spieghi questa storia di Remigi? Possibile che si sia volatilizzato in questo modo?".

Rientrato nel suo ufficio Cabler prese la pistola, alcune scatole di proiettili che aveva nel cassetto, avvisò la collega a riposo e si dileguò.

Sms *Ci hanno scoperti. Passo a prenderti, dimmi dove.*

Vittoria si tolse la divisa indossò un completo scuro e mise delle munizioni in una borsa, prese una pistola e si andò a sedere sul divano a riflettere.

Tirò fuori alcuni disegni e foto che conservava con cura, amava in particolare un disegno che raffigurava una delle torturatrici della banda Koch.

Lo prese e se lo mise in una tasca interna del giubbino in pelle, raccolse l'anello raffigurante un teschio che aveva recuperato dalle tasche di Gladio dopo averlo ucciso e si accese una sigaretta.

Sapeva che il suo percorso era giunto al termine e nella semioscurità della piccola casa sui Navigli con le tapparelle abbassate, assaporò il piacere del fumo che le riempiva i polmoni.

Si sentiva come un'eroina medioevale pronta alla pugna finale.

Nella mente passavano immagini antiche, uomini e donne in camicia nera, simboli imponenti e imperiali, il marciare fiero e compatto delle SS, lo sguardo duro della razza ariana, il duce...

Sì, era pronta. "Che abbia inizio l'ultimo atto", pensò.

Cabler chiamò il suo diretto superiore, il telefono squillava libero ma nessuno rispose.

Cercò di contattare il rappresentante dell'organizzazione per il Nord Italia ma anch'egli non rispose.

Allora capì che non avrebbero più risposto, avevano deciso di sacrificarli.

Lorenzi e il potere

"Si accomodi commissario", disse il questore sorridendo e indicando una sedia davanti alla sua scrivania, "prego".

Lorenzi osservava l'uomo seduto vicino al questore.

"Lei si chiederà chi è il signore qui presente", proseguì questi senza nemmeno voltare lo sguardo. "Purtroppo non potrò accontentarla e dovrà tenere a freno la sua curiosità. Diciamo che rappresenta una garanzia per entrambi visto quello che sto per dirle".

Lorenzi non mutò di una virgola la propria espressione.

"Ecco, ho qui una lettera per lei... prego, la legga" e gli porse una busta.

Matteo lesse gli ordini che gli venivano impartiti, infilò il foglio nella busta e la restituì al questore.

"Dottore preferirei non eseguire quegli ordini", disse serenamente e accavallò le gambe per mettersi comodo. Si voltò verso l'uomo e per alcuni istanti si scambiarono sguardi duri e terribili, nessuno dei due abbassò il viso.

Il questore serrò la mascella, si vedevano i muscoli facciali pulsare distintamente, fissò Lorenzi e si tolse gli occhiali.

"Non mi costringa a prendere seri provvedimenti nei suoi confronti, lei sa che non può permettersi di non eseguire gli ordini che le vengono impartiti".

"Vorrei conoscere i motivi veri per i quali dovrei rilasciare l'uomo che abbiamo fermato".

Quell'uomo faceva letteralmente andare in bestia il questore, se avesse potuto lo avrebbe distrutto e umiliato ma l'operazione era talmente delicata che era necessario trovare una soluzione non radicale. Gli sorrise nuovamente.

"Commissario ora lei telefonerà in commissariato e darà disposizione ai suoi uomini di rilasciare immediatamente il soggetto".

Lorenzi sentì che, improvvisamente, la tensione che lo aveva attanagliato fino a poco prima di entrare nell'ufficio del dirigente era scomparsa. Si sentiva tranquillo, non provava più alcun timore né del responsabile né di quell'uomo, sicuramente dei Servizi, né per la sua carriera e per il suo futuro.

Era la serenità di sapere di essere dalla parte del giusto, di aver sempre compiuto il proprio dovere fino in fondo, senza compromessi, senza lacci e lacciuoli che lo legassero a chicchessia, che avrebbe potuto affrontare qualsiasi conseguenza ma sentiva anche, con amarezza, che nel suo mestiere non sempre le cose andavano come era giusto andassero.

"Non vorrei fare alcuna telefonata signore, inoltre c'è un'indagine in corso ed è il magistrato incaricato che prende le decisioni".

"Lei dimentica, caro Lorenzi, che sono io che comando qui dentro. Ecco", porse un documento al commissario, "prenda, casualmente ho con me un ordine di rilascio firmato da parte del magistrato".

Matteo non credeva che si sarebbero spinti fino a quel punto ma si era comunque preparato all'evenienza e fece un ultimo tentativo prima di capitolare.

"Il dottor Longhi è coinvolto in una serie di violazioni del codice comportamentale della magistratura e lei, signore, ne è a conoscenza. Sono state depistate e arbitrariamente chiuse le indagini su almeno tre casi di omicidio commessi da elementi dell'estrema destra nei confronti di extracomunitari. È stata data disposizione di far sparire i cadaveri nonostante i referti medici evidenziassero che le morti avevano numerose analogie. L'omicidio di Kaled Shimaiwa è in diretta correlazione con i tre casi precedenti, stessa mano, stessa modalità. L'esplosivo utilizzato per l'attentato alla panetteria è particolare, di quelli in uso nell'ambiente militare e ai Servizi. Io sono stato pedinato, intercettato e minacciato da alcuni uomini", e con la mano indicò l'uomo in nero che non fece una piega. "Gli elementi che abbiamo raccolto dimostrano inequivocabilmente anche il coinvolgimento di importanti apparati...".

"Come corre Lorenzi... e quanta fantasia nel suo racconto. Non ci sono prove di alcun tipo se non le congetture di un commissario, suffragate dal nulla. Le ricordo che lei non è stato in grado di gestire con perizia e capacità l'assalto al suo commissariato e non credo che le potrebbe essere tanto facile tirarsi fuori di fronte ad una eventuale inchiesta. Mi dica commissario. Mi risponda sinceramente… lei ama il suo lavoro?".

Il commissario era in difficoltà, non poteva sapere fino a che punto il questore si sarebbe spinto, il toccare il suo amore per la giustizia e per il suo lavoro aveva colto nel segno.

Era sconfitto.

Sapeva di essersi avvicinato molto alla verità.

L'uomo in nero, il colonnello, era immobile come una statua.

Pareva nemmeno respirasse.

"Lei si rende conto, commissario, che si sta muovendo su un terreno molto, molto pericoloso? Dovrebbe essere più saggio, agire con prudenza. Ha dei figli… e deve aver fiducia nei suoi superiori e nello stato".

"Dottore io non scherzo con la giustizia e con la vita degli uomini, io la difendo". Tirò fuori una foto dalla giacca e la porse al questore. Era una foto ingrandita e dettagliata dell'uomo che lo aveva pedinato al ristorante.

La riprese e la porse al colonnello.

"Lo conoscete?".

Dopo averla esaminata questi la ridiede al questore.

Ci furono alcuni istanti di silenzio durante i quali Lorenzi non abbassò mai lo sguardo, la sua dignità di poliziotto onesto gli faceva tenere la schiena diritta.

Il questore si alzò ed iniziò a passeggiare per la stanza con le mani dietro alla schiena, dopo alcuni momenti si piazzò davanti a Matteo.

"Commissario stiamo parlando di sicurezza nazionale, di piani alti anzi altissimi. Lei non ha nemmeno idea di cosa potrebbe accadere se questa storia diventasse di dominio pubblico. Lei è un ottimo funzionario, sarebbe un vero peccato perderla. Ha un nucleo investigativo invidiabile, avete risolto casi complessi, lo stato la stima. Perché mai vorrebbe pregiudicare la sua possibilità di continuare a difendere la società dal malaffare? La invito formalmente a dimenticare questa storia e stia tranquillo è nostro compito risolverla laddove essa può esser risolta".

"Dottore, io sono un servitore dello stato e come tale eseguo il mio compito a difesa della Costituzione, delle leggi e nel rispetto della democrazia. Se così non fosse sarei pronto a consegnarle le mie dimissioni oggi stesso".

"Respinte, commissario. Torni al suo posto e concluda l'indagine per le parti che le competono".

Da quella situazione era difficile uscire.

Si fronteggiavano due concezioni differenti di giustizia e democrazia, di lealtà e onestà, di credo nelle istituzioni. Il colonnello e il questore si osservarono, l'uomo in nero fece un leggerissimo quanto impercettibile segno affermativo con il capo. Il questore tornò a sedersi.

"Cosa la preoccupa commissario?".

"Vorrei giustizia per la famiglia del panettiere".

"Accordata. Nient'altro?".

"Voglio gli autori degli omicidi e che siano chiarite tutte le responsabilità del magistrato".

"Sta chiedendo molto allo stato, Lorenzi. Ora vada e rilasci quell'uomo".

Lorenzi si alzò e si sentì stanco e sfiduciato come mai prima, lo stato gli parve nemico della gente, un ciclope senza occhi né cuore, una macchina che tutto triturava cibandosi della carne e del sangue della gente comune.

Prima di uscire dall'ufficio si voltò un'ultima volta verso il questore.

"E se non dovesse andare come deve?".

"Andrà tutto per il meglio commissario. Arrivederci".

Una volta uscito Lorenzi il colonnello parlò: "Prima o poi dovremo disfarci di quell'uomo".

"È il migliore", rispose il questore.

"Lo sappiamo", chiosò l'uomo in nero.

Azione

Uscito dalla questura di via Fatebenefratelli Lorenzi si fermò a respirare.

Il puzzo di compromissione di quelle stanze gli aveva impestato vestiti e polmoni. L'animazione delle vie intorno al palazzo di Giustizia e all'edificio dell'Umanitaria gli mostrava il segno di come la gente normale conducesse esistenze ignare di ciò che i grandi papaveri disegnavano sulle vite di ognuno.

Del perché i segreti di stato e gli omissis siano una delle caratteristiche distorte di quello che noi oggi ci ostiniamo ancora a chiamare democrazia in questo paese.

Lorenzi era, ed è, un uomo giusto, retto.

Accese il cellulare e gli arrivarono i messaggi delle numerose telefonate ricevute. Chiamò Lambrate e Del Giudice lo mise al corrente di tutto quello che avevano scoperto.

"Cosa facciamo ora, Matteo?" gli chiese l'amico e collega di sempre.

"Raduna tutti, tra mezz'ora sono lì e andiamo a prenderli".

Quando tutti gli agenti del commissariato si accomodarono Matteo chiese a Del Giudice di illustrare ciò che era emerso dalle scoperte del nucleo investigativo e le informazioni ricevute dal commissariato del Giambellino, dopo di che spiegò il piano d'azione.

"Rocchi, prendi tre agenti e recatevi al club Audace, dovrete fermare il titolare e la guardia del locale. Effettuerete una perquisizione approfondita di tutti gli ambienti, voglio un rapporto dettagliato nel più breve tempo possibile. Fate attenzione sono uomini pericolosi anche se non credo che opporranno resistenza".

"Commissario", intervenne Rocchi, "così senza mandato?".

"Il mandato sta per arrivare, dal questore in persona".

L'agente annuì.

Ecco Matteo Lorenzi, il commissario della Mobile di Lambrate, uno dei migliori investigatori della polizia milanese, a detta di molti "il migliore" e non solo a Milano.

Uomo dalla grande intelligenza e preparazione, esperto, deciso ma anche uomo di grande umanità e sensibilità.

L'uomo di Cristina Petruzzi o forse, oggi, della poliziotta Giovanna Esposti, ancora non sappiamo... ma vero servitore dello stato e della giustizia.

Quanti possono definirsi ancora tali?

I suoi uomini lo adorano, lo stimano, sono pronti a tutto per seguire il capo anche nelle situazioni più difficili e pericolose, nessuno di loro si tirerebbe mai indietro di fronte a un suo ordine.

Nella stanza riunioni la tensione è alta ma tutti i presenti percepiscono che stanno per compiere un'operazione di grande importanza.

Lo smantellamento di un'organizzazione violenta nata in seno alla polizia stessa, loro colleghi, persone con cui hanno condiviso azioni e pericoli e che sono essi stessi serpi nel ventre supremo della giustizia.

A loro poco importa che siano neofascisti, quel che conta è che sono traditori dei valori, che sono degli assassini, che si sono accaniti contro i più deboli della società.

Sono determinati gli uomini e le donne del commissariato di Lambrate, sono pronti.

Uscita la squadra comandata da Rocchi, Lorenzi si siede perché deve ordinare il rilascio dell'agente dei Servizi e deve spiegarlo in qualche modo al suo amico Del Giudice, a Lori e a Giovanna.

Dopo andranno a prendere la Segamo e Cabler.

"Enrico vai a prendere quell'uomo e portalo qui. Dobbiamo rilasciarlo".

"Rilasciarlo? Sei impazzito per caso? Quello ci spiava, ci intercettava".

"Giovanna, Enrico e anche tu Lori... voglio sapere se avete ancora fiducia in me. E voglio che me lo diciate in questo momento, prima che si esca per andare a compiere un'operazione difficile e rischiosa. Non posso dirvi molto, l'unica cosa che vi chiedo, e non è un ordine, è di credermi. Sappiate che se faccio questo è perché non esiste altra soluzione. In caso contrario sarà la disgregazione del nostro nucleo".

Erano troppo intelligenti per non capire.

Poco dopo Del Giudice ricomparve con l'uomo del camper ammanettato.

"Togligli le manette" disse Matteo. Del Giudice eseguì.

"Siediti" disse rivolto all'uomo che manteneva un atteggiamento del tutto neutro. Lorenzi pensò a come potesse aver venduto l'anima al diavolo in quel modo, statua impassibile di fronte a qualsiasi accadimento.

"Di te non sappiamo ancora nulla, se non che sei un agente dei Servizi, che ci stavi intercettando, che ci stavi pedinando e monitorando. Non sono riuscito a conoscere le vere motivazioni del vostro interesse e ora non ha più importanza. Mi hanno ordinato di rilasciarti, è intervenuto il questore in persona. Godi di protezioni altolocate ma ti avviso che se mi ricapiti tra i piedi non ci sarà santo che mi impedisca di spaccarti il muso. È a causa degli uomini come te che questo paese precipita sempre più...".

L'agente osservò con un senso di compatimento il commissario.

"Mi risparmi i suoi sermoni, dottore. Ognuno la vede come vuole. Lei pensa di essere nel giusto ma potrebbe anche sbagliarsi. Lei esegue degli ordini e io faccio altrettanto. Non esiste una spiegazione univoca del nostro essere. Agiamo, facciamo quello che ci viene chiesto e io non mi faccio mai domande. Non sarebbe prudente, e ora...", si alzò, "se permette vorrei andare a casa".

Quando uscì dal commissariato incrociò decine di ragazzini di quell'età strana in cui ci si trasforma da bambini in adolescenti in quel modo buffo, quasi da fumetto. Corti, grassottelli, allampanati dalle gambe lunghe e il busto ristretto, occhiali di vario spessore, centinaia di volti pieni di brufoli di risate ancora libere dai vincoli e dalle catene che la vita riserverà loro più tardi.

Vedendo sfilare quella fiumana di umanità in evoluzione sorrise al pensiero dei suoi ragazzi che avrebbe rivisto di lì a poco.

Tre uomini a bordo di una punto bianca lo stavano aspettando, li riconobbe.

Uno scese e avviò il camper.

Salì sull'autovettura e scomparvero alla vista di Lorenzi che seguiva dalla grande finestra della sala riunioni.

Si voltò verso i colleghi: "Capitolo chiuso".

"Matteo, io...", disse Del Giudice.

"Enrico, ti prego non dire nulla. Andiamo a prendere quelle bestie".

Sui Navigli

Renato Cabler giunse con la macchina davanti all'antico palazzo all'angolo tra via Alessandria e via Vigevano proprio di fronte alla stazione di Porta Genova. Come da copione al quale erano stati addestrati nel campo paramilitare nel pavese non fece telefonate, inviò un sms a Vittoria.

Sono qui sotto scendi non abbiamo tempo.

L'agente di polizia Monica Segamo, la piccola spietata bionda facente parte di un'organizzazione neonazista infiltrata nella polizia di stato era tranquillamente seduta sul divano della sua piccola ma bella casa, i piedi appoggiati sul tavolino di cristallo posto sul tappeto.

Lustrava una vecchia pistola tedesca perfettamente oliata e funzionante, una Luger che le ricordava la nazista che lei adorava, il suo idolo Ilse Koch.

Ogni tanto accarezzava il suo cane, preso a immagine e somiglianza di quello della Koch, perfettamente addestrato ad aggredire.

Vieni su.

Sei pazza arriveranno a momenti.

Vattene allora.

Cabler era succube, come tanti, della fortissima personalità di Vittoria.

Pur maledicendola tra sé salì in casa, la porta non era chiusa.

Entrò e vide la sua donna intenta a pulire con cura la Luger.

"Dobbiamo andare via, alzati. Ci hanno scaricati, non risponde più nessuno. Se ci muoviamo subito possiamo essere al confine in meno di un'ora. Non faranno in tempo ad intercettarci…".

Monica non accennava a sbrigarsi.

Cabler le si avvicinò e la prese strattonandola per un braccio.

"Forza, muoviti".

Lei si divincolò: "Levami le mani di dosso! Abbiamo giurato fedeltà, abbiamo una missione da compiere. Non mi fa paura la morte. Non darò loro la soddisfazione di prendermi…".

Renato la guardò negli occhi e intravide una luce di follia nello sguardò.

"Tu sei pazza. La nostra missione non è quella di farci prendere o di farci ammazzare. Abbiamo ancora una possibilità, una volta espatriati porteremo avanti le nostre idee da un'altra parte… vieni".

"Vai tu, io resto. Sei un coniglio".

L'uomo pensò che fosse andata completamente fuori di senno.

La osservò ancora qualche istante, Monica riprese ad accarezzare la pistola che nera, lucida e affascinante le si rifletteva negli occhi.

Cabler si voltò e senza dire una parola si diresse verso la porta.

"Renato…"

Cabler si voltò.

Il colpo lo raggiunse in mezzo alla fronte e lo fece volare contro la parete vicino alla porta, il sangue fuoriuscì a fiotti.

Il cane iniziò ad abbaiare disperatamente e lei lo colpì più volte con un frustino di cuoio finché si sdraiò tremante e con le orecchie abbassate.

"Bravo Wolf, così mi piaci".

Si alzò e con la pistola in pugno si avvicinò al corpo del suo uomo.

Con un piede infilato in anfibi di pelle nera lo scostò dalla porta.

Udì bussare.

"Signora Segamo, signora! Si sente bene? Apra, apra…".

"Se ne vada", urlò all'indirizzo della vicina, "va tutto bene!".

La donna scomparve immediatamente, d'altronde non le era mai stata simpatica quella tizia.

Rientrata in casa chiamò la polizia denunciando di aver sentito un colpo come di pistola.

Vittoria prese un cd e le note della *Sinfonia in do maggiore* di Wagner[7] riempirono l'ambiente, l'odore della polvere pirica le piaceva molto, annusava soddisfatta.

Diede ancora un'occhiata al cadavere di Renato e attese.

In lontananza s'udirono le sirene delle volanti…

Azione Audace

Furono colti di sorpresa.

Perché nessuno li aveva avvisati come sempre?

Si chiedeva il titolare del club mentre lo portavano via.

Non avevano fatto in tempo a reagire in alcun modo.

Quello che comandava il gruppo gli aveva sventolato sotto il naso il mandato del giudice.

Una folla di curiosi si era radunata in silenzio, davanti al portone, a veder portar via quelle persone che intimidivano tutto il quartiere.

I due nazi erano completamente inespressivi come se tutto ciò non li riguardasse direttamente.

Rocchi ispezionò il locale rinvenendo molto materiale compromettente.

Bandiere neonaziste, mazze, spranghe di ferro, alcune palle chiodate con catene, caschi e bandiere italiane della repubblica di Salò.

Alcuni faldoni pieni di documenti furono caricati su una volante.

Nel sotterraneo in una stanza chiusa a chiave scoprirono due extracomunitari nordafricani in pessime condizioni di salute.

Gli occhi spenti e impauriti, non riuscirono nemmeno a sorridere.

La stanza era sporca, Rocchi provò una gran pena per quei due uomini.

Non capivano bene l'italiano.

Attesero un'autoambulanza e furono condotti via per essere visitati.

Prima di muoversi Rocchi chiuse il locale e appose i sigilli. Mentre usciva provò una stretta al cuore, com'era mai possibile che dopo settant'anni certe ideologie inquinassero ancora le menti di tanta gente?

Sentì freddo e uscì dal portone.

La gente applaudì spontaneamente, una signora con un cane gli si avvicinò e gli strinse la mano.

"Grazie, a nome di tutti", disse.

A qualche centinaio di metri da lì stava per compiersi la tragedia.

Servizi

"L'operazione è in corso signore", disse il colonnello al responsabile romano.

"Quanto ci costerà tutto questo colonnello?" rispose il responsabile.

"L'annientamento di un nucleo, la chiusura della sede sui Navigli e qualche arresto. Un certo interesse della stampa per un limitato periodo di tempo dopo di che tutto verrà dimenticato come al solito".

"E il commissario?".

"È un osso duro signore. Abbiamo dovuto accettare alcuni compromessi per impedire che andasse oltre ma è un uomo di legge, credo che si fermerà".

"Me lo auguro, è un uomo troppo in vista e non sarebbe semplice metterlo in condizione di non nuocere".

"Concordo ma è abbastanza intelligente per accettare la sconfitta", disse il colonnello.

L'uomo di Roma sorrise tra sé.

"Non eravamo noi ad aver perso questa volta colonnello?".

"No signore, Lorenzi ha avuto le briciole. Tutto il nostro progetto andrà avanti. Sostituiremo gli uomini, cambieremo gli scenari, chiuderemo le porte ai politici come al solito. Non cambierà nulla signore".

"Bene. Che nessuno intervenga sui media, penseranno loro a scannarsi sulla vicenda e i nostri amici sposteranno l'attenzione dell'opinione pubblica come sempre. Arrivederci colonnello".

Chiuse la comunicazione, s'appoggiò allo schienale della morbida poltrona in pelle.

Un'altra falla era stata chiusa seppur pagando un prezzo, nemmeno troppo alto tutto sommato.

Erano passati così tanti anni dal quel dicembre del 1969 quando era un giovane ambizioso funzionario fedele al passato, era successo di tutto nel paese ma avevano vinto loro. Gli armadi non erano mai stati aperti e nessuno lo avrebbe potuto fare per molto tempo ancora.

Telefonò ad un suo caro collega e gli chiese se voleva accompagnarlo a disputare una partita di golf con l'ambasciatore statunitense.

Monica Segamo alias Vittoria

Lorenzi fu avvisato che a casa della Segamo c'era stata una sparatoria, così aveva riportato una testimone.

Le forze dell'ordine avevano chiuso tutte le strade di accesso e fatto evacuare la zona. I negozi erano stati chiusi con un'ora di anticipo.

Com'era bella Milano in quella giornata di primavera con il sole che andava a riposare illuminando con i suoi raggi dorati la stazione di Porta Genova e i tetti delle antiche case adagiate lì intorno. Presto l'oscurità sarebbe giunta ad accarezzare con calma i comignoli e il passeggio zoppicante dei piccioni sui tetti mentre l'atto finale del dramma si sarebbe compiuto.

Vittoria aveva osservato lo schieramento delle volanti dall'unica finestra che le consentiva di vedere un pezzo di via Vigevano. Le dispiaceva molto di non avere con sé il fucile di precisione che utilizzava nelle esercitazioni nell'Oltrepò, con quello li avrebbe tenuti a bada a lungo.

Tutto sommato non importava più nulla, tutto era deciso, era scritto.

La storia volgeva al termine, presto avrebbe raggiunto Ilse nel grande Eden degli eroi della terra di Sigfrido.

Le note di Wagner le riempivano il cervello, accese la tv e fece partire, togliendo l'audio, un documentario negazionista in bianco e nero, che la loro organizzazione aveva realizzato per confutare le teorie comuniste sull'olocausto... "Tutte quelle balle...".

Squillò il cellulare. Ora poteva rispondere.

"Segamo è finita, vieni fuori con le mani in alto", era la voce del commissario.

Lorenzi sentì una risata all'altro capo: "Commissario perché non mi viene a prendere da solo... No, lei non verrà perché non ha abbastanza coglioni. Sono qui, dovete solo provarci".

Chiuse la conversazione non c'era altro da dire.

Osservò alcune foto sparse sul tavolino.

Una squadra speciale era giunta sul posto per concordare l'intervento.

Ormai era buio.

Alcuni uomini erano saliti sui tetti e tenevano di mira le finestre dell'appartamento.

Vittoria si sentiva stranamente tranquilla.

Andò in bagno scavalcando il corpo di Renato, si osservò allo specchio.

Non era per niente male.

Si truccò, mise anche il rossetto.

Wolf era irrequieto e non riusciva a star fermo.

Lo colpì con il frustino e lo chiuse in camera.

Dopo aver spento la luce l'appartamento era completamente al buio, prese il cannocchiale a infrarossi per osservare gli uomini appostati sui tetti.

Una squadra si avvicinò da via Mortara, un'altra dal lato opposto di via Alessandria.

Lorenzi, Lori, la Esposti, Del Giudice e due agenti dei corpi speciali arrivarono da via Vigevano. Entrarono nell'androne.

Il palazzo antico senza ascensore sembrava aspettare, cupo, che tutto finisse.

Che la pace e la tranquillità tornassero sovrane tra quei muri, testimoni dei bombardamenti e del dolore della guerra civile, della violenza tedesca e repubblichina, della liberazione.

L'appartamento era situato al terzo piano, senza balconi né ascensore, bisognava per forza salire per le scale. Da sopra proveniva della musica classica ad alto volume che doveva sconcertare gli animi degli agenti tesi all'azione.

***

Vittoria lo sa, le hanno insegnato tutte le strategie psicologiche per intimorire gli avversari, allo stesso modo la musica ha un effetto ipnotico su di lei.

La gloria ecco cosa desidera.

Ripensa a tutti quegli uomini di un'altra razza che ha fatto fuori con i suoi colleghi, ad un futuro dove torneranno a marciare al passo dell'oca, dove tutti tremeranno al loro passaggio, dove non ci saranno armate rosse o partigiani a metterli nell'angolo.

"È pazza", sussurra Del Giudice a Lorenzi mentre salgono le scale.

Sul tetto due agenti speciali hanno ancorato delle funi se le cose dovessero mettersi per il peggio dovranno entrare dalle finestre lanciandosi dall'alto.

Milano trattiene il respiro.

Giovanna è lucida e attenta mentre avanza radente il muro con la mano appoggiata alla spalla di Lorenzi.

I giornalisti sono arrivati, ma sono tenuti lontani.

Cristina fatica a respirare. Prega per il suo uomo, ha paura e trema.

Marta Jovine ha gli occhi lucidi per la tensione che le attanaglia lo stomaco.

Del Giudice sale le scale e pensa ai figli.

Lori non pensa nulla, vorrebbe non essere lì.

Rocchi è arrivato, ma non può più partecipare all'operazione, il cuore gli pulsa nelle tempie.

La musica è sempre più forte.

Nessuno di loro conosce Wagner ma sentono l'ansia, la tensione e il dolore contenuti in quelle note.

Lorenzi pensa a sua figlia, al figlio a Trento, a sua moglie Eleonora.

Rivede lo sguardo di Cristina, i suoi occhi, il suo corpo, l'amore…

Salgono.

Primo piano.

Secondo piano.

Ora lentamente al terzo.

Sono davanti alla porta, sono in troppi.

Vittoria li sente, è una poliziotta esperta, sa come funziona.

È appoggiata alla porta e sente toccare la maniglia.

Non l'ha chiusa a chiave vuole sorprenderli.

Si sposta lentamente, per abbatterne qualcuno deve usare il cane.

Si avvicina alla porta della camera da letto e la socchiude con cautela.

La maniglia della porta d'ingresso si abbassa lentamente. Lei accarezza il cane. Il capopattuglia vede la porta che cede, all'interno è tutto buio tranne la luce che proviene dal televisore.

Gli uomini hanno staccato l'interruttore della luce sulle scale.

La musica è sempre più potente, le immagini in bianco e nero del documentario falsificato proiettano ombre inquietanti.

Spalancano la porta ed entrano.

Il cane si lancia contro i due agenti che sono colti di sorpresa.

Non fanno in tempo a reagire e Vittoria ne abbatte uno colpendolo al collo con precisione, l'altro rotola a terra sbilanciato dal cane.

Lorenzi si getta all'interno seguito dalla Esposti. Frazioni di secondo.

Vittoria spara ancora e Giovanna cade con un gemito.

Lorenzi ha visto il bagliore dei colpi e tira in quella direzione.

Un grido. Un altro colpo, l'agente spara al cane.

Del Giudice accende le luci, Matteo vede Giovanna a terra, si alza e va verso Vittoria scaricandole il caricatore addosso: "Bastarda, bastarda!", grida.

Del Giudice lo abbraccia e lo blocca: "È finita Matteo, è finita...".

Lorenzi getta la pistola e si precipita su Giovanna.

La donna è a terra e sanguina tanto, trema, è stata colpita all'inguine, una ferita molto profonda, spesso mortale.

Il primo agente è stato colpito al collo, è agonizzante.

Vittoria è appoggiata in una strana posizione contro la parete vicino alla camera da letto, la testa in alto, dietro di lei spruzzi di sangue ovunque.

La Luger stretta in pugno.

Giovanna tossisce mentre Matteo le preme l'inguine per bloccare la fuoriuscita del sangue.

Arrivano altri agenti e dei medici del pronto intervento.

Giovanna guarda Matteo negli occhi, lacrime amare scendono copiose ai lati.

"Come sei bello commissario".

"Stai tranquilla, non è niente...".

"Non sai mentire Matteo... mi dispiace tanto..." e chiude gli occhi.

Del Giudice si è appoggiato contro un muro, Lori singhiozza.

Quando si sono sentiti i colpi d'arma da fuoco Cristina si è sentita male.

Marta ha dovuto sorreggerla per non farla cadere a terra.

Milano osserva, Milano è attonita.

Improvvisamente è come se l'audio fosse scomparso dalla vita.

Vediamo gente che corre, i lampeggianti dell'ambulanza, i sanitari.

Le luci dei lampioni che illuminano in uno scenario artificiale il dolore di quel quartiere, di quelle case, lo sgomento di uomini e donne che tornano ai loro affetti.

I barellieri che si muovono freneticamente per portare via Giovanna e l'agente colpito per il quale sembra che non ci sia più nulla da fare.

La Esposti è molto grave.

Il commissario Lorenzi si è seduto disfatto sul divano.

La testa tra le mani.

La stanza pare ruotargli intorno in un vorticoso incubo fatto di immagini, di dolore, di grida, di sangue.

Si sente maledettamente responsabile per tutta quella storia, per non aver capito in tempo, per aver sottovalutato.

Vede davanti a sé lo sguardo inespressivo dell'agente colpito, il suo tremore, il sangue che cola dall'angolo della bocca.

Qual è la storia personale di quel giovane agente che non farà ritorno a casa?

Quante volte si è trovato in situazioni simili?

Da quanto tempo fa i conti con la perversione dell'animo umano?

No, non si abituerà mai alla follia dell'uomo, alla violenza che detta legge, agli interessi, agli sporchi interessi dei potenti di turno che passano sopra i corpi di milioni di persone.

Perché hanno permesso che tutto questo accadesse?

Perché...?

Nella mente si inchiodano, e fanno male, le immagini dell'ufficio suntuoso del questore, dell'uomo nero a lui vicino, le parole di quegli uomini che lo hanno messo con le spalle al muro.

Le ragioni di stato non possono essere violate, nemmeno dalla politica, figuriamoci da un piccolo commissario di un quartiere milanese.

Il potere.

Matteo sa che questa indagine non è uguale alle altre perché qui non esiste nemmeno la parvenza della parola giustizia, qui esistono solo le stanze oscure, chiuse e blindate di ciò che non può esser detto né tantomeno compreso.

Ha fallito. Sente di aver fallito.

Sono morte tante persone, vittime innocenti di un'ideologia che doveva esser stata sepolta e dimenticata e che, invece, gli interessi politici e militari di apparati innominabili continuano a coltivare, a proteggere... anche nella polizia, anche nel suo lavoro.

Pensa a Giovanna, al suo splendido corpo, a lei nuda che compare appoggiata allo stipite della porta della camera da letto, all'odore intenso del suo corpo, al suo accoglierlo con perfezione... lei, lei, Giovanna, lei un'altra donna.

No, non è Cristina.

Lui l'ha tradita, ha tradito il loro amore profondo e indissolubile per la bella compagna d'azione, tutto si confonde, il corpo di Giovanna con quello di Cristina, gli occhi dell'una dentro gli occhi dell'altra, l'amore, il calore, il dolore, i giovani sbandati dell'indagine a Carovigno poche settimane prima, la risata cristallina della Esposti e la passione come fuoco del corpo della giornalista. Giovanna che può morire...

Gli gira la testa e sente l'impulso di vomitare.

Il suo amico e compagno di mille avventure, il vicecommissario Del Giudice, gli si siede accanto e gli mette un braccio sulla spalla.

"Stanno portando via Giovanna, vieni Matteo. Dev'essere operata subito".

Lorenzi fa cenno affermativo con la testa e si volta verso l'amico.

Gli occhi sono lucidi.

Si alza ed esce stancamente da quel mattatoio intriso da un tremendo odore di sangue versato.

Quando arriva in strada si toglie il giubbotto antiproiettile e lo getta a terra.

Enrico lo segue e lo raccoglie.

Lorenzi getta anche la giacca, vorrebbe strapparsi di dosso tutto il sudiciume di quella storia, di quella follia.

Perché, perché non li hanno fermati allora?

Perché hanno loro concesso di devastare ancora il mondo con folli ideologie, continua a chiedersi.

Pensa al giovane Kaled, ai visi di quei bei bambini arabi senza un padre, a quegli sconosciuti spezzati a pugni.

Alla povera Layla, a Sailinì di cui non è rimasto più nulla…

Mondo di merda!

Esce da via Alessandria, Cristina lo vede.

Non riescono a trattenerla, corre, corre, corre… verso di lui e verso quell'abbraccio liberatorio che manca loro da troppo tempo.

Milano non ha memoria

L'agente colpito al collo perse la vita durante il trasporto all'ospedale.

La ferita era mortale.

Il commissario attese da solo l'esito dell'operazione a cui fu sottoposta Giovanna Esposti. Non volle nessuno accanto a sé.

Giovanna stava rischiando di morire a causa sua, avrebbe dovuto preservarla da quell'azione pericolosa. Sapeva che Vittoria era un'agente esperta, che non sarebbe stato facile stanarla, perché aveva consentito a Giovanna di essere al suo fianco?

Lorenzi non voleva ammettere a se stesso che l'attrazione che provava verso la collega, la condivisione e l'amore così in fretta consumato avevano aperto un solco nel suo cuore, una frattura nella storia sentimentale tra lui e la bella giornalista.

Era confuso e si sentiva responsabile di tutto quel dolore che lo circondava. Era lui l'autore di tutto, era lui che non sapeva più discernere tra amore e passione?

"Giovanna, ti prego, non te ne andare… no, tu no".

Osservava continuamente le porte che davano nel corridoio delle sale operatorie, quella stramaledetta musica di Wagner gli sfasciava il cervello, non c'erano immagini ma solo il buio, l'adrenalina, la paura, la mano di Giovanna sulla sua spalla mentre salivano le scale, gli spari, di nuovo il buio, l'odore di pirite e il sangue… il sangue e ancora il sangue.

E poi, la confusione, i lampeggianti, le autolettighe ma tutto senza alcun rumore, nel silenzio infinito della tragedia di una Milano che non ha memoria e scorderà in fretta anche tutta questa vicenda scrollandosela di dosso così come si fa distrattamente con la mano per togliersi i granelli di forfora.

Ognuno tornerà alle sue abitudini e della vita degli attori di questa storia terribile non rimarrà alcun ricordo... e di quegli uomini extracomunitari uccisi stranieri in terra straniera non resterà nemmeno il pianto.

I clandestini non hanno anima per la gente della fortezza d'Europa.

Matteo riflette e rivede gli occhi di Giovanna, chiusi nell'estasi dell'unione dei corpi nella sua casa a Lambrate e poi i suoi occhi velati, senza più colore, stesa a terra colpita dal proiettile di Monica.

Un'agente deviata a sua volta protetta da corpi deviati che hanno impedito a lui, il commissario Lorenzi, di andare fino in fondo.

Di scoprire tutta la verità che si cela dietro quella nebbia di illegalità voluta anche dalle istituzioni della repubblica.

Dello Stato.

Ma quale Stato? Si interroga Matteo.

I minuti paiono ore e le ore giorni spesi nell'attesa, nell'incertezza.

Lorenzi non ha mai pregato e si scopre a farlo chiedendo a Dio di proteggere e salvare Giovanna.

Del Giudice arrivò in ospedale due ore dopo Lorenzi.

Era pallido e si sedette vicino al commissario senza dire alcuna parola.

Non chiese nemmeno notizie.

Poco dopo, seduto con il corpo spostato in avanti e lo sguardo fisso sul pavimento iniziò a parlare, quasi a bisbigliare.

"Sai Matteo io la amo. Amo Giovanna da lungo tempo. Non ho mai trovato il coraggio di dirglielo. Non te l'ho nemmeno mai confidato, mi vergognavo. Adoro mia moglie e la mia famiglia, non potrei vivere senza di loro ma non potrei nemmeno andare avanti se dovesse accaderle qualcosa. Lei non sa quanto io la ami. Questo vecchio e zotico e testardo vicecommissario che non è mai riuscito ad esprimerle tutto l'affetto che nutre per lei, e ora potrebbe essere troppo tardi. Non potrò mai perdonarmelo, non dovevo farla entrare dopo di te, dovevo esserci io al suo posto, quel proiettile doveva essere per me... Ero geloso della confidenza che aveva con te, perdonami, se puoi, Matteo".

Non disse più nulla, un lungo sospiro, mise la testa tra le mani ed iniziò a bagnare il linoleum con lacrime amare.

Lo chiamano destino quel "che" di incomprensibile, improvviso, inaspettato che ci compare davanti nella vita e ci devia la strada e la storia, la nostra storia, portandoci su sentieri e in direzioni per noi imprevedibili, a volte cambiandoci la vita per sempre.

In quel corridoio di un anonimo ospedale, dove medici attenti cercavano di strappare alla morte una poliziotta, due uomini, due poliziotti, con il cuore frantumano dallo stesso amore si confortavano nell'attesa.

Lorenzi pensò a quanto fosse assurda tutta quella situazione e le sue certezze di uomo di legge e di uomo innamorato vacillarono rendendolo fragile davanti ad un mondo che proseguiva la sua strada distratto.

Fu un lungo e delicato intervento.

Il proiettile aveva lesionato la regione femorale inguinale di Giovanna e la vita della donna era stata appesa a un filo.

Un'équipe dell'ospedale Niguarda, specializzato in quel tipo di interventi, riuscì a salvarla per puro miracolo.

Quando la trasferirono in terapia intensiva, comunicando che non era più a rischio di morte, Lorenzi non provò quel senso di liberazione che attendeva ma solo una profonda tristezza nell'animo che non condivise con nessuno, nemmeno con l'amico vicecommissario né con la giornalista ritrovata.

Il marito della Esposti, Mauro trascorse intere giornate al capezzale della moglie.

Quello che era accaduto, per una sorta di bilanciamento delle esistenze e dei sentimenti, lo aveva riavvicinato alla compagna della sua vita.

I figli furono affidati temporaneamente ai nonni.

Giovanna rimase scossa da ciò che era accaduto e implorò il marito di farle incontrare i figli, pensava che non li avrebbe mai più rivisti.

Quando poté abbracciarli pensò seriamente di congedarsi.

La convalescenza sarebbe stata molto lunga e così la riabilitazione della gamba devastata.

Il magistrato, il dottor Longhi, fu accusato di far parte dell'organizzazione eversiva, sospeso dall'incarico e messo sotto processo.

La pratica fu poi archiviata per intervento del ministero dell'interno e l'uomo trasferito in una piccola isola del meridione lontano dai riflettori dei media.

Nessuno riaprì l'inchiesta e il magistrato non fu più processato.

I tabulati telefonici del cellulare di Kaled furono secretati dai Servizi.

I tre agenti non risultarono essere gli unici casi di forze dell'ordine "deviate".

Un problema che è ancora presente oggi e che una democrazia sana dovrebbe avere il coraggio di estirpare fino alle radici... ma la nostra non è democrazia sana... purtroppo.

Le indagini per i casi di abuso di potere e violenza gratuita perpetrata dalle forze dell'ordine sono in corso ancor oggi.

L'organizzazione eversiva di estrema destra Azione Audace fu messa sotto processo, diversi aderenti furono condannati a pene lievi e poi rilasciati con la condizionale.

Alcuni di loro infestano ancor oggi la città di Milano con la loro violenza e pazzia delirante.

L'autopsia e le analisi del DNA stabilirono che il corpo carbonizzato dell'uomo ritrovato nel veicolo bruciato a San Cristoforo era dell'agente Benito Remigi detto Gladio.

La morte era stata causata da una iniezione di un prodotto tossico alla base del collo.

È notte fonda.

Una Punto bianca si dirige in fondo a via Rubattino a Lambrate.

Svolta a sinistra verso Milano 2 e Segrate, alla seconda rotonda svolta ancora in una strada buia e deserta che costeggia ciò che resta di uno dei tanti capannoni industriali dell'area Innocenti.

C'è un varco, si infila ed entra in una di quelle enormi e inquietanti cattedrali abbandonate per la modifica degli scenari di produzione mondiale, la chiamano globalizzazione.

I tre uomini scendono dalla Punto, c'è un furgone ad aspettarli e il camper dell'operazione realizzata in via Clericetti.

Uno dei tre, quello rilasciato da Lorenzi, comprende all'improvviso che si tratta di una trappola ma non fa in tempo a reagire.

Gli sparano a bruciapelo, lo sollevano e lo gettano nel camper poi salgono sul furgone.

L'ultimo da fuoco al mezzo poi si allontanano con calma.

Il telefono squilla nella notte.

"Sì?".

"L'operazione si è completamente conclusa con successo, dottore. Il progetto è salvo".

"Bene colonnello, anzi... generale. A presto".

Si avvicina alla finestra che dà sul terrazzo, la apre ed esce ad assaporare la dolce brezza notturna della primavera romana.

E questo è tutto.

Per ora...

Epilogo

Aeroporto di Malpensa.

È un bel mattino di fine maggio.

Gli alberi hanno dato sfogo alla fioritura troppo a lungo repressa.

Il verde delle chiome e i colori dei fiori hanno cancellato un po' la tristezza e il dolore delle anime ferite dagli accadimenti.

Lorenzi, Cristina e Marta hanno raggiunto Layla e i suoi figli che si imbarcheranno da lì a poco per tornare in Egitto.

Hanno bisogno di tempo, hanno necessità di ritrovare abbracci, occhi, suoni e profumi che li facciano sentire accolti, non come questa terra tanto cattiva quanto descritta ospitale nelle speranze delle donne e degli uomini senza frontiera che affrontano il Mediterraneo.

Ci sarà il processo anche se non ci sono più gli interpreti principali.

Lo stato ha fatto sapere che Layla e la sua famiglia verranno indennizzati per la morte di Kaled e per la devastazione del negozio attuati dagli agenti della polizia deviata, schegge impazzite nella galassia di uno stato in realtà "democratico e rispettoso delle razze e delle differenti culture".

Il commissario non ha molta fiducia, conosce bene come, passati i primi momenti di circostanza, lo stato dimentichi in fretta, troppo in fretta, le vittime dei suoi errori, delle deviazioni eversive.

Layla è molto bella, i bimbi sono eleganti.

Non rientrerà in patria mostrando sul volto il dolore immenso della perdita.

Tutti dovranno vedere quanto è fiera del nome che porta e di come i suoi ragazzi siano orgogliosi di quel padre che ha perso la vita per tentare di dar loro un futuro migliore.

Non sa quando rientreranno in Italia e se... rientreranno.

Lorenzi, Cristina e Marta saranno i benvenuti se vorranno andare a trovarli a Il Cairo in quel quartiere popolare dove Kaled le rapì il cuore con quell'unico bacio fugace sulle labbra nella notte e nei profumi caldi della periferia.

Si avviano ai controlli. La piccola Luna si volta, è splendida. Guarda Marta, la ragazza dai piercing, e le sorride dolcemente, la saluta con un piccolo cenno della mano. Le porte si chiudono.

Lorenzi e Cristina si guardano profondamente, gli occhi color del mare di lei raccontano a Matteo di una storia nata mille anni prima, ritrovata e che non si perderà nei vortici scuri della vita che li attende.

Si uniscono in un lungo, lento, caldo, tenero bacio d'amore.

Marta, commossa, li osserva e si mette a piangere.

Note dell'autore

I fatti narrati in questo romanzo non hanno alcuna relazione con eventuali episodi realmente accaduti, sono frutto della mia immaginazione e fantasia.

Lambrate e i Navigli, luoghi a me cari, sono lì ad attendervi per trasportare la narrazione letteraria in posti fisicamente reali. Mi sono sorpreso, alcuni giorni or sono, passando casualmente in via Buschi e via Grossich di scoprire che c'è effettivamente una panetteria laddove l'ho descritta. Non me ne ero mai accorto, probabilmente è un ricordo che viene da lontano, quand'ero piccolo e lì vivevo, giocavo e, più tardi, girovagavo capellone sognando di viaggi in autostop per l'Europa (cosa che ho poi puntualmente fatto).

Marta Jovine è stata ispirata da mia figlia Marta e la giornalista de "Il Giorno", Alessandra Zanardi, non solo esiste in carne ed ossa ma è anche una professionista molto seria e apprezzata.

L'atmosfera di rabbia verbale e di "facilità" alla violenza è cosa che noto tutti i giorni, in continuo aumento, nei rapporti umani, nelle relazioni tra persone. Anche sui social network dove il sentirsi protetti dietro ad uno schermo, in una virtualità esasperata (confrontandoci ogni giorno con una crisi economica e morale assolutamente devastante) porta un po' tutti ad eccedere... e, troppo spesso, assistiamo agli incomprensibili eccessi delle forze dell'ordine, dal caso Cucchi al caso Aldovrandi, al caso Uva, che portano sovente alla morte di coloro che dovrebbero essere protetti dalla polizia e non il contrario.

Ecco riflettiamo su questo. Chiediamo a gran voce e con gran forza che si attui una riforma della polizia che porti chiarezza, trasparenza e democrazia al suo interno, colpendo seriamente coloro che si rendono rei di vessazioni gratuite, di coloro che depistano, di coloro che coprono le malefatte delle divise, di chi fa eccesso del proprio potere e strumentalizza l'anonimato di divise senza matricole di riconoscimento.

Voglio ancora credere che, da qualche parte, ci sia un'anima democratica che ancora palpita tra i mille caschi blu e neri... che lo stato si ponga il problema di sminare gli eccessi e buttare fuori la vergogna che c'è al proprio interno.

Non sono tempi facili questi e quando ognuno perde il controllo e cerca il "nemico" nel vicino di casa, nel collega sul lavoro, nel migrante, non si rende conto che apre seriamente il varco al rischio del ritorno di tempi che hanno segnato pena, dolore e distruzione immensi nel nostro Paese e nelle vite di chi ci ha preceduto.

Tempi di follia collettiva che dobbiamo assolutamente tenere lontani dal nostro futuro e da quello dei giovani.

Pensiamo al senso profondo di questo romanzo che vuole tenere la barra dritta sui valori di democrazia e giustizia rappresentati dal commissario Lorenzi che non esita a sgominare la feccia presente tra le fila delle forze dell'ordine.

Guardiamo, per esempio, alla presenza delle organizzazioni naziste in Ucraina responsabili di tremende violenze, al silenzio complice dell'Unione Europea che non esprime una parola di condanna e non giriamoci dall'altra parte pensando che sia una cosa "lontana" che non ci riguarda.

E, per concludere, umilmente mi permetto di consigliare di rileggere le importanti storie e narrazioni sulla Resistenza, sulla liberazione del nostro paese e sull'avvento del Nazismo e Fascismo in Europa che portò al conflitto mondiale che ha provocato oltre sessanta milioni di morti.

Ricordatelo e insegnatelo ai vostri figli e riflettete insieme a loro su cosa stiamo rischiando.

La democrazia e la libertà sono beni preziosi da difendere, sempre.

Casa, 31 marzo 2014, ore 23.35.

Note

1 *Black Market*, Weather Report
https://www.youtube.com/watch?v=U7_vNpVXubA

2 *House With No Door*, Van Der Graaf Generator
https://www.youtube.com/watch?v=VLqoi-YWa8c

3 *Hairless Heart*, Genesis
https://www.youtube.com/watch?v=aaJ9KaY_TY8

4 *Soldier of Fortune,* Deep Purple
https://www.youtube.com/watch?v=RKrNdxiBW3Y

5 *My Ashes*, Porcupine Tree
https://www.youtube.com/watch?v=xiZrTQ8qmr8

6 *Fragile*, Yes
https://www.youtube.com/watch?v=PZSxZHMkZWM

E si chiude con

7 *Sinfonia in do maggiore I Movimento*, Wagner
https://www.youtube.com/watch?v=nAvhVNfMf60

Ringraziamenti

Questa volta non scriverò quattro-cinque pagine di ringraziamenti perché non ne basterebbero nemmeno venti... molti sanno che li ringrazio e non da ora per la fiducia che mi è stata accordata, per la simpatia e la disponibilità per aiutarmi a far conoscere in giro le "follie" letterarie del commissario Lorenzi e della giornalista Cristina Petruzzi di Radio Popolare, giunti ora alla quarta indagine.

Lo sapete, vi abbraccio e ve lo dirò di persona.

Ringrazio Riccardo Sedini. Ma chi è Riccardo? È il presidente dell'Associazione GialloMania che lavora, studia e promuove la conoscenza di molti scrittori esordienti e non ma soprattutto mette insieme, in una qualche forma di relazione, gran belle persone ancor prima che scrittori e parlo di Gianluca Veltri, Pier Emilio Castoldi, Fabrizio Borgio, Maria Teresa Valle, Luigi Ricciardi, del caro Paolo Vinciguerra e altri ancora che mi perdoneranno se non li cito ora.

Lo ringrazio per avermi permesso di incontrare il signor Marco Frilli con il quale le due chiacchierate tranquille, senza schemi né barriere, mi hanno dato la giusta sensazione di potergli affidare questo lavoro nella comune speranza che questi intrighi ed emozioni, coinvolgano molti, molti lettori.

Quindi... Riccardo e Marco vi ringrazio molto.

Ringrazio Vittorio Agnoletto. Molti diranno: "E che palle! Sempre lo ringrazi?". Ebbene sì, guardate che se non mi avesse spinto e incoraggiato quando scrivevo *Morte nel Trullo* non so se oggi Lorenzi e Cristina farebbero emozionare tanta gente...

Ringrazio la libreria Pagina 18 di Saronno, Maurizio Romerio di BluRadio, Renato Scuffietti "Scuffia" e Maurizio Principato di Radio

Popolare, lo scrittore Daniele Biacchessi, Antonio Autelitano e i due cari amici giornalisti Victor Botta e Pasquale Camposeo per la fiducia… e il quartiere di Lambrate dove sento ancor oggi, da "vecchietto", di aver davvero vissuto anni speciali.

Alla prossima.

Nella stessa collana

ROCCO BALLACCHINO, *Trappola a Porta Nuova*
ROCCO BALLACCHINO, *Scena del crimine*
R. BESOLA-A. FERRARI-F., GALLONE *Operazione Madonnina*
R. BESOLA-A. FERRARI-F., GALLONE *Operazione Rischiatutto*
FABRIZIO BORGIO, *Vino rosso sangue*
ROBERTO CARBONI, *Bologna destinazione notte*
ROBERTO CARBONI, *Il Dentista*
ANTONIO CARON, *Signorina Regina*
ROBERTO CENTAZZO, *Toccalossi cerca casa*
ROSA CERRATO, *Un posto tranquillo per Nelly Rosso*
DARIO CRAPANZANO, *Il giallo di via Tadino. Milano 1950*
DARIO CRAPANZANO, *La bella del Chiaravalle*
DARIO CRAPANZANO, *Il delitto di via Brera. Milano 1952*
DARIO CRAPANZANO, *Arrigoni e il caso di piazzale Loreto*
ARMANDO D'AMARO, *Il testamento della signora Gaetani*
UMBERTO DE AGOSTINO, *Il brigante e la mondina.*
UMBERTO DE AGOSTINO, *La contessa nera. Lomellina 1921*
ROBERTO GANDUS, *L'ultima esecuzione*
F. GIORGI - I. SCHIAVETTA, *Morte al Chiabrera*
D. GRILLO - V. VALENTINI, *Il dolore del fango*
MASSIMO FAGNONI, *Il silenzio della Bassa*
VINCENZO MAIMONE, *La variabile Costante*
BRUNO MORCHIO, *Maccaia. Una settimana con Bacci Pagano*
UGO MORIANO, *L'inganno del tempo*

Alberto Minnella, *Il gioco delle sette pietre*
Roberto Negro, *Anime alla deriva*
Cristina Rava, *Tre trifole per Rebaudengo. Un'indagine ad Alassio*
Alessandro Reali, *Fitte nebbie - Sambuco e dell'Oro indagano*
Alessandro Reali, *La morte scherza sul Ticino*
Alessandro Reali, *Risaia crudele - Quei giorni dell'inverno '45*
Massimo Tallone, *Il Cardo e la cura del sole*
Massimo Tallone, *L'amaro dell'immortalità*
Simone Togneri, *Arnoamaro*
Maria Teresa Valle, *Il conto da pagare*
Helfrid P. Wetwood, *Muto come un orsetto*

Finito di stampare nel novembre 2014
DA GRAFICA VENETA S.p.A. – TREBASELEGHE (PADOVA)
PER CONTO DELLA FRATELLI FRILLI EDITORI srl – GENOVA
Printed in Italy